永远的门

中国微型小说精选

中国微型小说学会 编

序言

花开人独立，微雨燕双飞

中国微型小说源远流长，在文学史上产生了许多脍炙人口的优秀作品。近年来，更是获得了"井喷式"发展，创作呈现"现象级"发展态势。

首先，从产量和品种来看，全国每年发表微型小说作品约四万种，蔚为大观。其次，从阵地来看，除专业微型小说外，大多报刊均开辟有微型小说栏目，微型小说虽不能说是其"保留节目"，但绝对称得上是其"重场戏"。而作为二度文献的微型小说年度选本，全国每年也出版六七种以上。第三，从团队来看，微型小说的作者队伍人数众多，涌现出孙犁、汪曾祺、高晓声、林斤澜、刘心武、孙方友等名家大家。微型小说团队也快速崛起，产生了中原板块、广东板块、江淮板块、两湖板块等创作群体，各有特色，各领风骚。第四，从成果来看，自20世纪90年代以来，多篇微型小说作品被收入中国各地区大、中、小学语文教材。冯骥才先生的《俗世奇人》还获得了第七届鲁迅文学奖。

在风起云涌的微型小说大潮中,还诞生了标志性组织——1992年在上海成立的中国微型小说学会,产生了标志性品牌——湖南常德的武陵国际微小说节,催生了标志性奖项——中国微型小说年度奖等。它们都在不同层面助推了中国微型小说的发展,丰富和扩大了中国微型小说的影响。微型小说甚至突破地理空间的藩篱,扩展到海外华人写作社群,成为中国与海外联系、沟通的重要的文学纽带。

微型小说的繁荣,打破了当代中国小说的创作格局,使其由传统的长篇、中篇、短篇"三足鼎立",一举扩展为包括微型小说在内的"四大家族"。微型小说作为一种独立文体,日益成为当代文学创作中一股不可忽视的力量。

为了展示当代微型小说创作成果,向国内外读者介绍优秀的微型小说作品,中国微型小说学会特组织编选了"中国微型小说精选系列丛书"。所选的微型小说系从浩如烟海的微型小说作品中淘漉出来的,它们或是流传较广的名篇佳作,或是产生相当影响的经典之作，一定程度上代表了当代中国微型小说的创作盛况。

与众多选本不同的是，本系列选本系"双语选本"，除出版中文版外，还将出版英文版，以期让更多的中外读者通过更多的语言媒介，既能充分欣赏别具一格的中国微型小说美学，又能从中管窥当代中国的社会形态。

无庸讳言，由于人力、能力之局限，目前这个"选本"尚有不少遗珠之憾，诚望读者在阅读中加以指正。

细雨轻烟、莺飞草长之际，愿中国微型小说双语版像寥廓天空下的春燕一样，翩然飞入海内外寻常百姓家！

是以为序。

中国微型小说学会会长　夏一鸣
2021 年 5 月 2 日

目录

小饭馆里的饕餮者　　　　　　　　　安谅　1

那一刻　　　　　　　　　　　　　　安石榴　5

再见了，虎头　　　　　　　　　　　安勇　9

英雄　　　　　　　　　　　　　　　毕飞宇　15

行走在岸上的鱼　　　　　　　　　　蔡楠　19

春天的列车　　　　　　　　　　　　崔立　24

一片苍茫　　　　　　　　　　　　　戴涛　27

祝你生日快乐　　　　　　　　　　　戴希　32

初恋　　　　　　　　　　　　　　　邓洪卫　37

永远的雪儿　　　　　　　　　　　　方东明　42

苏七块　　　　　　　　　　　　　　冯骥才　46

雪夜赌冻　　　　　　　　　　　　　高晓声　49

梯子爱情　　　　　　　　　　　　　红墨　54

柳先生和小黑　　　　　　　　　　　侯德云　59

火眼金睛	侯发山	65
菩萨	李立泰	69
翠兰的爱情	李伶伶	74
盲人与小偷	李永康	78
时差	刘斌立	83
风铃	刘国芳	87
拼车	刘浪	91
只要油锤	刘庆邦	96
早晚复相逢	刘正权	101
麦垛	芦芙荭	105
替仇人捐一次款	吕啸天	109
风雪中的那双手	骆驼	113
绝活	马宝山	117
赶考	麦浪闻莺	122
织补人	聂鑫森	126
挥手	欧阳明	132
永远的门	邵宝健	137
压在信封里的钱	申弓	141
高等教育	司玉笙	145
老爱情	苏童	148

剪纸王	孙博	152
老人与狐	孙春平	156
雅盗	孙方友	160
半夜急救	万芊	165
赔你一碗热干面	汪学猛	170
父子的母校	韦如辉	173
定风珠	魏继新	178
捡糖纸	夏阳	182
威风	相裕亭	187
珠子的舞蹈	谢志强	192
晚点	邢庆杰	197
天上有一只鹰	修祥明	201
神医归来	徐全庆	206
1938年的鱼	颜士富	211
海葬	尹全生	216
鼓王	尤凤伟	221
杭州路10号	于德北	227
客轿	赵淑萍	231

小饭馆里的饕餮者

安谅

20世纪70年代末,上馆子撮一顿,是件令人兴奋的事。

明人他们当时还属求学族,囊中羞涩。可海弟一提议,胃口立时被吊起。三个发小,不管不顾,一头扎进了路旁那家老字号小饭馆。

傍晚人不多,明人他们找了一个角落坐下,就喊了服务员来点菜。可待那位剪着齐耳短发、眼睛亮亮的小女孩服务员走近了,他们又胆怯了,说话都结结巴巴的。海弟看了半天菜单,才点了一个麻辣豆腐;大吴舌头打着卷,吞吞吐吐念了个"番茄炒蛋";明人想点韭菜炒螺蛳,可一看价格,算了,"炒鸡毛菜吧"。

下单了,服务员转身离开。这点菜怎么够吃呢?海弟挤了挤眼,嘴巴朝左侧努了努。那边一张桌上,一男一女相对而坐，一看就比他们年长，桌上五颜六色的菜摆满了，可两人神情拘谨，吃得也细嚼慢咽的。海弟的眼神，明人他们看懂了。明人想，这小子又来玩这一套了。上一次也是在饭店里小聚，没点几个菜。海弟让他们吃得慢些，说："等会还有更好吃的。"他的目光朝一对男女不时地盯视着。也许人家不自在了，就搁了筷子，早早起身走了。然后，海弟快步上桌，把红烧鳊鱼、爆炒猪肝、五香茄子等飞快地挪过来。"你们看，他们根本没动过，省着让我们吃呢！来，不要客气。"

这回，海弟似乎是找到了新的对象。"你真是馋猫鼻尖，也不要脸面了呀！"明人斥责道。"哎，不是暴殄天物的成语嘛，浪费是最大的犯罪，我这是为他们减轻罪行呢！"海弟诡辩着，眼光仍时不时地向那对男女瞟去。

突然，男子朝窗口眺望了一眼，神情慌乱起来，他悄声嘀咕了一句。女子也脸色一沉，说了一句什么。两人迅速收拾好自己的包，站起身，就往外走。海弟两眼放光了，他示意大吴赶快去端菜。可就在大吴羞羞答答犹犹豫豫时，有一个愣头青冲进店里，他在门口没拦住那一对男女，嚷嚷了一句，便径直走向人去菜丰的一桌，一屁股坐下，一边说"果然被我猜到了"，一边毫不客气埋头开吃。

海弟和大吴的脸色不好看了。而明人也早已认出，他是自己的初中同学阿六。不一会，阿六也发现了明人他们。"这么巧，来来来，坐我这吧，一起品尝。"他见明人等还是一脸迷惑，笑着解释："你们别担心，刚才是我的姐姐，那男的在追我姐姐，我爸妈反对他们往来，说那男的在街道工厂上班，档次低了点，还让我跟踪他们，没想到他请吃饭出手蛮大方的。来，不吃白不吃！"

饕餮之念，战胜了"怪怪"的感觉。吃得正带劲，女服务员惊讶地看着他们，说了一句令众人震惊头晕的话："这单子还没付过，你们，谁来买？"

最后，还是明人把助学金都掏了出来，才换来女服务员的和颜悦色。阿六信誓旦旦地说："这钱，我一定还你！"

多年之后，明人碰上了阿六，自然而然地想起了这件事。他们当时劝说阿六，宁可成就一对，不可拆散一对。你姐姐是自由恋爱呀，你应该帮他们。再问起他姐姐，阿六笑眯眯地说："哦，他们后来结婚生子，现在好着呢！我爸妈也同意了，这还是我做的工作呢!"

"那就好!"明人也笑了。

那一刻

安石榴

元宵夜。

从飘窗往下望,毛尖儿目不转睛地盯着那看起来马上就要密集、庞大的队伍。九楼以下灯火通明,各式各样的花灯沿着街道亮起来,满世界繁华绚烂起来。"真是个豪华的夜晚哟!"毛尖儿兴奋起来。她冲下楼去。楼下的单元门外就是她和闺密青青、晓庄相约处,她们相约玩个通宵,先看花灯,然后去音乐酒吧,再去吃烧烤、打台球。三个刚刚行过成人礼的女孩子哟!

毛尖儿一脚迈出单元门,还没有站稳,人就被卷走了。街上此时此刻的情形和她在九楼家中俯瞰到的大不相同。主街道上的行人已成洪流,毛尖儿即刻丧失掉了自主能力,被裹挟其中。毛尖儿还从来没有遇到过这样的情形呢。青青和晓庄只在她脑子里一闪而过,先玩起啦!毛尖儿也顾不得找朋友了,猜也猜得出来，她们必定被人流阻隔在什么地方了。毛尖儿两手抓着手机，左拍右拍，不停地发着朋友圈。也不知过了多久，毛尖儿的胳膊酸了，手冻得失去了知觉，可是她发现人和人之间已经没有一丝空隙了！毛尖儿费了好大力气才把右手放下来，插进羽绒服衣兜暖和着。不知怎么回事，有个男人不住地看她。她有点生气，朝着那个可恶的人，她把眼珠一翻——天啦！毛尖儿心里叫道，她的右手怎么抓到了一只手机样的东西呢？不可能啊，毛尖儿的手机在左手上啊。毛尖儿脑子一下就炸了，她的右手正被攥在一只又厚又大的手中——毛尖儿并不知道自己的手是如何插进别人的衣兜的，此刻她只想着拿回那只惹麻烦的右手。

"我不是故意的。"毛尖儿说，"请你放开我！"

大叔不看她了，也不说话，脸藏在竖起的羽绒服衣领里，绒线帽子扣在眉骨下，但那只攥紧的手开始明确地传达出恶意，毛尖儿却不管怎么努力都无法挣脱。他抓着她被人流推上了过街天桥的阶梯。

"我跟你说了，我不是小偷，我并没有想拿你的东西。"

大叔并不理睬，死攥着她的手不放。

"你快点放开我！"毛尖儿的声音开始发抖，不能控制的那种颤抖。那个人低了一下头,在她的耳边发出阴冷的呵斥:"闭嘴,不许出声!"

他拽着毛尖儿蠕动到天桥顶端,毛尖儿崩溃了,她不知道接下来会发生什么,但所能发生的,绝不会是好事情。她有那种预感,她要死了!毛尖儿站在那儿,那儿几乎就是桥面的最高点,她看到了下面的人,人头攒动,密密麻麻,仿佛也都是捆绑在一起,去奔赴一个未知的却一定是恐怖的命运。她心里喊道:天哪,放过我吧!

这时候从阶梯下面上来的一股人流不知道因为什么原因开始躁动,然后就听到一片尖叫声。毛尖儿感觉到了怪异,她并不知道发生了什么,就是感到怪异,因为眼前——下行阶梯十几米处,人们像多米诺骨牌一样纷纷扑倒!眼看着就到了自己的脚下,更怪异的是,她身后的人正在向前扑来,毛尖儿突然明白即将发生什么,那种不可控制的巨大的恐惧使毛尖儿浑身发麻,她站不住了,尖叫起来。随后记忆出现了问题,一切变得模糊并不可捉摸,只有一个细节脱颖而出,它清晰无比:毛尖儿看到大叔将自己抱起,托举——几乎是扔到扶梯的扶手上,他大喊了一声:"抓牢!"毛尖儿抓住安全网,像壁虎一样将身体贴在上面,回首看到的一幕她一辈子都忘不了。

事后,官方宣告此次元宵夜踩踏事件造成多人伤亡。

后来,家人朋友也是好奇,作为一个幸存者,简直就是一件伟大的事情了。就问毛尖儿,说你处在踩踏事件中心,到底怎么回事呀?

毛尖儿脑海里翻涌着当时的情景……还有那个一闪即逝,永无再现的高壮身影。她说,不知道发生了什么,我也想知道哇,可是没有想明白,从来就没有想明白。她说这话的时候,脸上露出迷惑和思考交织的神色。

再见了，虎头

安勇

老王和老罗夫妻俩，互相开了一辈子玩笑，如果评判一下，可以说旗鼓相当，不分胜负。

他们第一次见面，是在介绍人家里。当时，还都是二十多岁的年轻人，没资格称老王和老罗。小王在轧钢厂当钳工，小罗在纺织厂当挡车工，中间隔着大半座城市。介绍人家住平房，小王来得晚了点，从外屋往里屋走时，心里有点儿急，没留神绊在了门槛上，一个趔趄半跪在小罗面前。

小罗看他一眼，满脸严肃地说："免礼平身。"

小王紧跟着接了句："太后吉祥！"

小罗说："好像反了。"

小王说："那咱重来一遍。太后吉祥！"

小罗说："免礼平身。"

介绍人丈二和尚摸不着头脑，好半天问："你们俩什么情况,是不是以前就认识?"

两个人互相看一眼,不约而同地说:"不认识,但以后可以好好认识认识。"

他们俩一周约会一次,那时候还没有大礼拜,通常都是周六下了班,小王骑着自行车,穿过大半座城市赶到纺织厂接小罗。两个人先骑行一段,到人少的路段下来步行,当时的说法叫轧马路,和看电影一样,也是件挺浪漫的事。周一到周五,他们也没闲着,一到午休,就溜进车间办公室,给对方打电话。

小王说:"我在纺织厂门口呢,拿着你爱吃的红烧肉。"

小罗答:"等我一小会儿,五分钟就到。"

两个人对着话筒聊一阵,小王像忽然想起来似的说:"这么半天了,你咋还没到?肉都凉了。"

小罗说:"还说呢,我到半天了,咋没看着你?"

他们相处了一年多时间,第二年五一,到民政局领了结婚证。走出办事大厅门口,小王咂着嘴表示遗憾:"刚才照相时,坐我旁边那个女的,长得可真漂亮,要是早遇到她,我就不和你结婚了。"

小罗也满脸遗憾:"咱俩想到一块了,坐我旁边那个男的,也特别精神。"

小王说:"那咋办呢,婚都结了?"

小罗说:"将就着过吧!"

两个人的家都不在本地,资历浅没分到房子,结婚后,半租半借,住进了熟人——就是当初那个介绍人的一间平房里。家具就只有两口板柜和一只大衣柜。

为了增加收入,小王给自己找了一份工,下班后去一家私人小钢铁厂加工零件,挣点计件工资。小罗在家里做好了饭,估计丈夫要回来了,就赶紧躲起来。

小王在屋子里转一圈,没见到妻子,自言自语地说:"我老婆哪去了?"

小罗在衣柜里答:"让人家拐跑了。"

"谁拐的?"

"我拐的。"

"太谢谢你了,可算把那个败家老娘们儿弄走了。"

"拐走她,我给你当老婆中不中?"小罗说着从衣柜里走出来。

小王上下打量一气:"咋不中呢,你比她可强多了。"

他们的第一个孩子是女儿,因为胎位不正,折腾了大半夜才总算生出来。小罗累得像摊泥似的躺在病床上。小王心疼媳妇,看着看着,不由自主地流下两行泪。小罗睁开眼睛，告诉他自己挺好，用不着难过。

小王反倒哭出了声："我不是为你，是为我自己难过，医院里那么多产妇，生的都是有胳膊有腿儿的小孩，就只有我老婆，生的是一只蛋。"

小罗也来了劲，满脸惊喜道："咱要发财了吧，你赶紧请专家来看看，没准是只恐龙蛋。"

"恐龙都灭绝了，你咋能生出恐龙蛋？"

"那我生的就是王八蛋，正好随你，也姓王。"

他们夫妻俩给对方起了很多外号，随着年龄增长，有一些慢慢被淘汰了，只有两个称呼，一直延续了下来。一个是虎头，另一个是二大妈。虎头很好理解，就是虎了吧叽不太正常的意思，二大妈是什么意思呢？其实和虎头也差不多少，只是变换了一种说法罢了。

老罗七十岁时，去诊所镶了半口假牙，心里有些慌乱，问老王，自己是不是变了模样。

老王左右端详一番说："模样没咋变，你试试看，还能不能咬人？"

老罗抓过他胳膊，咬了一口，摇摇头说："试也白试，我咬的这个老东西，不是人。"

三年后，老罗查出了胃癌，肚子打开，医生说已经到了晚期,怕是活不了几天了。老王心里难过,表面上还硬撑着,不时汇报一下孙男娣女的情况,都是报喜不报忧。

老王说:"咱大孙子,这阵子成了香饽饽,三四个长得像电影明星似的女孩儿,争得脸红脖子粗的,都非要嫁给他。"

"那咋办呢?不行就都娶了吧!"

"可惜,咱国家的《婚姻法》不允许。"

"要不然,让大孙子带上那几个姑娘,移民到非洲去?"

"我看行。"

老罗临走之前,把老王叫到枕头边,在他耳边神秘地说:"其实,我没死,只是躲到了咱家的衣柜里,你别心急,等到七七四十九天过后,我就能回来了。"

料理完妻子的丧事,老王回到家中,眼睛看到这里,心空一下,看到那里,心又空一下,四周看一圈,心就空得像一片冬天的田野。最后,他的目光落到那只衣柜上。这么多年来,他们换了几次房子,这只衣柜却始终没有扔。

老王走到衣柜前,手放在柜门上,想起七七四十九天的话,到底没有打开。一七那天傍晚,老王又站在衣柜前,忍了忍,仍然没有打开。三七那天夜里,老王到底没忍住,还是把衣柜打开了。

他在最下面的搁板上找到一个纸包,打开纸包,里面还有一个纸包,再打开,又有一个……连着打开七个纸包,他看见纸上写着一句话:再见了,虎头!就知道你屏不住,现在我回不来了,你自己一个人在世上受罪吧!

英雄

毕飞宇

有一家健身房,坐落在城市的东北部,里面集中了这个城市最雄壮的男人。这些男人一个个肌肉发达,像放大了一百号的巨型青蛙。他们在健身房里都有绰号,有的叫泰森,有的叫施瓦辛格,有的叫张飞,有的叫拼命三郎,总之,都是享誉中外的人间枭雄。每天下午,他们聚集在这家名为"黑森林"的健身房里,推胸、拉背、压腿、扳二头,健身房里的金属器械被他们弄得叮咣叮咣的。

周围的居民都知道这些人的厉害,他们在吵架的时候这样威胁对方说:"想打架?我可告诉你,'黑森林'的武松是我朋友。"

另一个也不甘示弱,回敬对方说:"就你有?'黑森林'的施瓦辛格见到我都喊哥。"这时候就会有人出面打圆场,说:"算了,既然他们是朋友,你们也别伤了和气。"当然，说起来，"黑森林"里最厉害的还是泰森。真正的泰森的拳头和牙齿全世界都知道，这个就不多说了。"黑森林"里的泰森其实是一个二道贩子，专门做蔬菜生意，白云园菜场的人个个都知道他。"黑森林"里的泰森的块头大，肌肉强，最为关键的是，嗓门也大，一般来说，只要有泰森出场，一般的事情都能解决。比方说，到了年底，张三欠了李四几千块钱，一时拿不出来，张三就会找到泰森，对泰森说："请你替我打个招呼吧。"泰森很爽快，说："包在我身上。"泰森的口头禅就是"包在我身上"。只要他包下来，别人多多少少都要给他一点面子。但是在白云园打烧饼的小高不买泰森的账。小高是一个下岗工人，精瘦精瘦的，刚刚到白云园来混饭碗。小高的烧饼炉子就放在马路边上，早上人多的时候，挡住后面的报刊亭了。报刊亭的马大胖子找到小高，叫小高把烧饼炉子往左边挪一挪，说影响了他的生意。小高不同意。小高说："真的。"这句话噎人了。马大胖子挺个大肚子，说："这么说我就喊泰森过来了。"小高只知道美国的泰森，以为马大胖子是在和他逗闷子，耍贫嘴呢。小高说："好哇，你去把泰森喊过来，我请他吃猪耳朵。"小高以为自己挺幽默,但是,周围没一个人笑。所有的人都知道,小高这是玩火,离倒霉的日子不远了。

当天下午,泰森就过来了。泰森显然是从健身房过来的,身子一横一横的,打了赤膊,浑身的肌肉都绷在身上,上下都冒着热气。小高正在出炉,泰森已经走到小高的跟前。泰森站在小高的对面,"喂"了一声,大声说:"你要请我吃猪耳朵?"

小高不认识泰森,说:"你是谁?"

泰森说:"把炉子往左边挪一挪。"

小高眨巴了几下眼睛,知道了,眼前这一大堆的肌肉疙瘩不是泰森又是哪个?小高眯起眼睛,小声说:"你和马大胖子是朋友,和我怎么就不能做朋友?"

泰森大声笑了。好汉泰森就喜欢广交朋友。泰森说:"现在是五点半,你用十分钟把炉子挪了,五点四十咱们就是朋友。"

小高说:"炉子现在烫手,等夜里凉了,明天早上咱们做朋友怎么样?"泰森抱起胳膊,瓮声瓮气地说:"行。"

小高在当天夜里就把炉子挪到一边去了。但是第二天,他没能交上泰森这么一个威猛的朋友。泰森已经躺在医院里了——一条腿断了,一只耳朵豁了,两颗门牙掉了,脑门上缝了四十二针,伤得非常重。同时躺在医院里的还有"黑森林"的兰博、忍者神龟、佐罗、吕布、花和尚鲁智深、插翅虎雷横等十一条好汉。听"黑森林"的经理说,当天下午,泰森正在健身房里做深蹲,肩膀上扛了一百四十公斤的杠铃!突然,他尖叫了一声,吓坏了,丢下杠铃就跑。他的腿就是在这个时候被杠铃砸断的。泰森抱着一条断腿,拼命地跑,一头撞到墙的拐角——天知道是怎么回事!周围的人哪里见过泰森如此慌张,又不知道发生了什么事。你想啊,既然泰森都吓成那样了,那就跑吧,"轰"的一下,噼里啪啦全跑了,跌跌撞撞的,全摞在楼道里,伤了十几个。泰森的老婆是一个非常漂亮的女人,她守候在泰森的病床前,哭哭啼啼地说:"你到底做了什么见不得人的事?欠钱还钱,杀人偿命,怎么就慌成那样?有事你自首去啊!"泰森叹了一口气,说:"别人不知道,你还不了解我吗?我哪里有那个胆子?是一只老鼠。要不是我跑得快,差一点它就蹿到我的脚面上来了。你说,健身房里怎么会有老鼠呢?"

行走在岸上的鱼

蔡楠

红鲤逃离白洋淀，开始了在岸上的行走。她的背鳍、腹鳍、胸鳍和臀鳍便化为了四足。在炙热的阳光和频繁的风雨中，红鲤细嫩的身子逐渐粗糙，一身赤红演变成青苍，漂亮的鳞片开始脱落，美丽的尾巴也被撕裂成碎片。然而红鲤仍倔强而执着地行走着，离水越来越远。

其实红鲤何尝不眷恋那清纯澄明的白洋淀水呢？曾几何时，那里是她的家园呀！那荷、那莲、那苇、那菱，甚至那叫不上名来的蓊蓊郁郁、密密匝匝的水草，都让她充满了无尽的遐想。她和她的父辈母辈、兄弟姐妹在这一方碧水里遨游、嬉戏、生存，实在是一种极大的快乐啊！更何况红鲤是同类中最招喜爱、最受羡慕、最出类拔萃的宠儿呢！她有着与众不同的赤红的锦鳞，有着一条细长而美丽的尾巴，有着一身潜游仰泳的本领。因此红鲤承受着同类太多的呵护和太多的爱怜。

如果不是逃避老黑的魔掌，如果不是遇到白鲢，如果不是渔人们不停息地追捕，红鲤也许就平静地在白洋淀里生活了，直到衰老死亡，直到化为白洋淀的一朵小小的浪花。

厄运开始于那个炎热的夏天。天气干燥久无雨霖，白洋淀水位骤降，红鲤家族居住的明珠淀只剩下了半米深的水，而且他们再也忍受不了近期污水中毒的折磨，不得不在一天夜里开始向深水里迁移。迁移途中，鲤鱼们遭到了一群黑鱼的袭击，那是一场心惊肉跳的厮杀。黑涛翻腾，白浪迸溅，红波激荡，鲤鱼们伤亡惨重。最后的结局是，红鲤被黑鱼族头领老黑猎获，鲤鱼们才得以通行。

其实老黑早就风闻红鲤的美丽，并渴望用她作为诱饵捕猎更多的美味。因此老黑有预谋地安排了这次伏击战。老黑将红鲤俘获并将其放在洞口旁边，在周围安排了多个看守和猎手。红鲤不肯"出卖"无辜的生灵，身上便满布刽子手的啮痕和血淋淋的伤口，晶莹剔透的眼睛没几天就暗淡了下去。红鲤坚强地忍受着严酷的身心折磨，也暗暗地寻找着逃跑的机会。

中午是老黑们最为倦怠的时刻。为逃避渔人的捕杀，它们不敢出洞，常常是吃完夜间觅来的食物后便沉入梦乡。就是中午，红鲤悄悄地绕开看守，轻甩尾鳍，打一个挺儿便钻出了黑鱼洞，浮上了水面。红鲤望见了水一样的天空，望见了鱼一样的鸟儿，望见了树叶一样漂浮的渔船。老黑率领一群黑鱼一路啸叫追逐而来。红鲤急中生智，躲到了一只渔船的尾部。她看到渔船上那个头戴斗笠的年轻渔人甩出了一面大大的旋网，旋网在空中生动地画了一个圆，便准准地罩住了黑鱼群。

红鲤撇撇嘴，一个猛子扎入深水，向远处游去。接下来的日子，红鲤开始了对红鲤家族的寻找。寻找一度成为红鲤生命的主题。在寻找中，红鲤的伤口发了炎，加之不易觅食，又饿又痛，终于昏倒在寻找的水道上。

这时，白鲢出现在红鲤的生死线上。白鲢将红鲤托进了荷花淀。白鲢用嘴吮吸清洗红鲤的伤口，一口一口地喂她食物。红鲤慢慢复苏了。

荷花淀里多了两个生死相依的朋友。红鲤红，白鲢白，藕花映日，荷叶如盖。红鲤和白鲢在无数个白天和夜晚听渔歌互答，看鸥鸟飞徊。白鲢对红鲤说：

"天空的鸟自由,也比不过我们呢,它们飞上天空,也有可能会被猎枪瞄着呢!"红鲤提醒说:"我们也不自由呀,荷花淀外的那些渔船,人们各式各样的渔具,都在威胁着我们,说不定哪一天我们就会成为网中之鱼呢!"

果然,不幸被红鲤言中。一个午后,白鲢和红鲤出外觅食,兴之所至,便远离了荷花淀。他们穿过了一道又一道苇箔,绕过一条又一条粘网,闪过一只又一只鱼叉,快活地畅游、嬉戏。他们来到了一个细长而幽邃的港汊间。这时一只嗒嗒作响的渔船开过来,白鲢看见一柄长长的渔竿伸下,一个圆乎乎的铁圈拖着长长的电线冲他们伸来。白鲢用尾巴一扫红鲤,喊了声快跑,便觉一股电流划过,一阵晕眩,就失去了知觉。

红鲤亲眼看见了白鲢被电船电翻打捞上去的经过。红鲤扎入青泥中紧贴苇根再不愿动弹。她陷入了绝望和恐惧之中。一个越来越清晰的念头强烈地震撼着她:离开这里,离开水,离开离开离开——

天黑了,一声炸雷响起,暴风雨来了。红鲤缓慢地浮上水面。暴雨如注,水面一片苍茫。红鲤一个又一个地打着挺儿,一个又一个地翻着跟头。突然又一阵更大的雷声，又一道更亮的闪电，红鲤抖尾振鳍昂首收腹，一头冲进了暴风雨，然后逆流而上，鸟一样跨过白洋淀，竟然飞落到了岸上。

那场暴风雨过去，红鲤便开始了岸上的行走。她要创造一个鱼儿离水也能活的神话，她要寻找一块能够自由栖息、自由生活的陆地。

春天的列车

崔立

一早6点半,春天就起床了。7点,春天已经出门,步行10分钟,去坐地铁。这个城市的地铁,像春天老家的蜘蛛网,不,比蜘蛛网还密集,近乎渗透到了每一个角落。

地铁,春天要坐一个多小时。两条地铁线。第一条6号线,春天是被推搡着上车的。等着坐地铁的人太多了,又是短短四节车厢,小小的车厢有点装不下那么多上车的人。春天站在队伍的前端,就被后面的人硬是推上了车。车里也是站满了人。好几次,春天都被挤在了美丽的年轻女孩的面前,女孩身上的香水味,还有暖暖的气息,像喷涌的泉喷洒在春天的脸上,搅得春天的心无法平静。春天的脸有那么几分的烫,心头有一股热在缓缓地上升。春天想起了中学时他喜欢的女孩秋梅,秋梅像一朵美丽的花儿,盛开在春天的面前。春天只能看着,却不敢去触碰。春天没向秋梅表白过,甚至连秋梅的手也没拉过。但春天却无法控制地想秋梅了。第二条是2号线,2号线的人多,但车厢也大。从6号线换乘2号线极为便利,拐个弯,走几十个台阶就到了。2号线要穿越这个城市,从城市的一端到城市的另一端,期间要穿过城市最繁华的地段。春天看到许多穿得光鲜亮丽的男男女女们上车,也看到他们下车。但无论是怎么,他们都显得那么匆忙。这让春天想起了老家,老家的节奏很慢,慢到娘一早去喊春天起床,春天回了一声,转而又睡着了。慢到爹说去抽一袋烟,抽了好半天都没回来,娘去看,爹还在怡然自得地吐着烟圈。娘就笑眯眯地摇了摇头,到河边洗衣服去了。河边,早已有许多像娘一样洗衣服的女人,慢慢地洗,慢慢地聊着天,洗着聊着,让时间像她们眼前的水一样从手指缝间缓缓流过。她们还在自由自在地扯西扯东。

上班无疑是紧张的,像屁股后面装上了火箭发射器。春天刚在公司露个脸,经理就迫不及待地做着安排,一二三四五,今天你先把这五项工作给处理掉。刚做到第三项,经理的电话又打来了,说,你赶紧过来,有一个特别紧急的事儿,重中之重,马上要处理！春天就快速跑向经理的办公室。几次三番，经理的电话如同一张张催命符，催得春天像个转个不停的陀螺，又像个永不倒下的不倒翁。每到这个时候，春天也会想到这个城市的春天。这个城市的春天，也是美丽的。春天的公园里、马路上，绿树成荫，花团锦簇，老人、孩子，在阳光下快乐地行走、奔跑……

春天也喜欢这个城市的女孩。同一办公室的美丽女孩许龄月，春天就很喜欢。春天给许龄月买过热气腾腾的早点。春天给许龄月买过美味的午餐。春天还给许龄月买过可口的下午茶。春天喂饱了许龄月的胃。春天还没来得及开口表白，下班的时候，就眼睁睁地看着许龄月袅袅婷婷的苗条身子走出办公室，坐进了一辆敞亮的车子里。这辆车子，席卷着春天的风，喷出一股浓浓的烟雾，呼啸而去。

这个年末，春天走在这个城市的街头，一个举着话筒的美丽女孩拦住了他，说，先生，我是城市电视台的记者，能请你回答下，春天是什么吗？春天对着这个美丽女孩，还有那里高高竖起的摄像头，笑呵呵地说，哦，春天呀，春天就是希望，就是梦想。

一片苍茫

戴涛

白生要去茫县做知县,离京赴任前去恩师大学士多举府上辞行。多举待白生坐下,便让人端上一盘水果,问白生,你可识得盘中为何果?白生细细打量一番,说,状如梨,可梨有皮,或黄或青,此果似乃无皮,白如雪,透如水,学生真不知谓何方仙果。

多举抚掌大笑,说,这就是梨,名晶梨,就产在你要去的茫县。说完他拿起一个递给白生,白生接过梨来,左看右看竟不忍下口。多举说,快尝尝味道如何?白生这才小心翼翼地张开嘴,可还没等他使劲咬下去,就听一声脆响,一股清香扑鼻,一股甘甜沁脾。

白生情不自禁叫道,好梨好梨!多举说,当今皇上和皇后皇妃们,还有满朝文武就爱吃这种梨,茫县可是个好地方哟。白生慌忙叩谢,誓言学生一定不辜负恩师的厚望。

从多举府上出来，白生便起程赶路，此时正是烟花三月，一路春色诱人，可白生只顾着赶路，也没心思看风景。很快便到了茫县，只见一班县衙的幕僚和当地的乡绅名士早已恭候多时。一阵寒暄，便请白生到鸿运楼喝酒，盛情之下白生也不好推托。酒过三巡，店小二端上一碟水果，白生见是苹果，便随口问道，咦，茫县不是产晶梨吗？小二道，禀大人，我们店里没有。白生说，你们不要以为这土特产就不值得稀罕，其实，我就喜欢入乡随俗。

这下店小二急了，禀大人，这晶梨如今实在是想买也买不到的。白生好生奇怪，便问坐在身旁的县丞汪过。汪过立刻端起酒杯说，我们众人一起敬白大人一杯。白生糊里糊涂地喝了一杯。酒足饭饱，已是掌灯时分，白生倒头便睡。

一觉醒来已是第二天早上，白生赶紧起来升堂，新官上任，自然要像模像样地审他几件案子。可白生在堂上正襟危坐了一整天，竟然不见一人前来告状，而且是一连三天如此。白生不免生出些感慨，你明镜高悬，可没人来让你照，你也是奈何不得。

到了第四天，白生才升堂便喊退堂，然后换了便服一个人悄悄出了县衙门，策马朝乡间跑去。茫县多

一片苍茫

丘陵，自然多梯田，举目望去，但见层层叠叠的梯田此时一片雪白。等马跑近，白生看到一株株一人多高的梨树枝繁叶茂，盛开着小白花，更有无数蜂蝶起舞，煞是好看。白生看得如痴如醉，连连叹道，美景美景。这时不知从哪儿跑出一男童，上前来怯怯地看了白生两眼，便又转身去捉蜜蜂，当他捉到蜜蜂便立刻将它撕成两段，随即放到嘴边贪婪地吮着。

白生问，你吃什么？男童答，蜂蜜。

白生说，可你将可爱的小蜜蜂弄死了。男童说，我饿。

白生生气了，饿你回家吃饭呀。家里没有饭。白生这才注意到眼前的男童竟是如此瘦弱。

白生随着男童到了他家，这是一溜儿几排东歪西倒的茅屋中的一间。推门进去，白生一惊，四壁空空，只有土炕上躺着一个须发皆白的老头。白生问男童，这是你爷爷吗？男童答，是我爹。白生又是一惊。

从男童家出来，白生又走进了另一间茅屋……当白生离开村寨时，心沉得如同铅坠，抬头西望，残阳如血，遍地的梨花也是殷红殷红的。

你别看这晶梨雪白雪白的，可在我们百姓眼里它可是血红血红的。

你说每户上缴一筐梨给朝廷也算不得什么，可你知道吗？这晶梨多么刁钻古怪，三亩地一颗粮食没种，全种了梨树，也就只收了一筐好梨。

你问我这日子是怎么过的，挑剩的孬梨到外边换得半年的杂粮已是大幸，还有日子就只能靠要饭打发了。

到了县衙，白生将县丞汪过叫到书房，阴沉着脸问他，汪大人，你可知道百姓为梨遭的罪吗？汪过说，知道。白生说，该想个办法。汪过说，白大人，您把梨弄好喽，早一些像您的前任升迁了离开茫县，自然是最好的办法。白生沉默无语。

时间过得飞快，转眼已是金秋十月，晶梨收获的季节，衙门上下忙得不亦乐乎，梨总算收齐了，全装了船。按以往的习惯，该有县丞押运进京，临发船时白生对汪过说，这一趟就不劳你的驾了，我自己去吧。汪过以为白生想邀功，自然相让。

一月有余，运梨船终于回来了，可白生没有回来。汪过想，白大人一定是荣升了。又过了数天，来了个新知县，汪过从新知县的嘴里知道了白大人的事，顿时惊出一身冷汗。原来白生送到朝廷的梨竟是又酸又硬，皇上才咬了一口，梨没有咬动，却将半颗圣牙咬落。于是龙颜大怒,将白生打入死牢。

腊月二十八,皇上又下圣旨,茫县砍去所有晶梨树,从此不得再种。百姓欢呼,个个操起砍刀就往自家梨园里跑,进了梨园人人大惊,寒冬的梨树上竟又挂满白花……

京城里,白生被推出午门,天空一片苍茫。

祝你生日快乐

戴希

芦苇岸和林馥娜在网上恋得很火。恋得很火时，林馥娜忽然问芦苇岸他老婆白玛的生日。不问不要紧，一问还真让芦苇岸十分吃惊，白玛的生日已近，就在3天后了。

"问我老婆的生日干吗？"芦苇岸觉得林馥娜真逗。

"就是提醒你——"林馥娜显得很大度，"应该送她一朵玫瑰，而且，你最好不要直接出面。"

嘀，有意思！打结婚后，芦苇岸就很少记起白玛的生日，更别说送她生日玫瑰。既然林馥娜如此通情达理，当然得送玫瑰给白玛，并看看她的反应了。

白玛生日那天，芦苇岸买了一朵很美很雅致的玫瑰，请快递送到青花中学。

"这朵玫瑰真好！可是——是谁让你送来的？"

接过玫瑰，白玛在鼻尖下美美地嗅嗅，脸上很快地鲜花盛开。

快递员摇摇头："我只知道送花者是位男士。他说，你知道他是谁！"说完，快递员头也不回，匆匆走了。

结局一

"听说有人给你送玫瑰啦？"夜晚入睡前，芦苇岸不动声色地试探白玛。

白玛一惊，马上矢口否认："天方夜谭，压根儿没有的事！""没有的事？你们学校都有人通风报信啦！"

"别人拿你取乐呢！"白玛用纤纤玉指轻点芦苇岸的鼻尖。

"哦，原来这样！"芦苇岸佯装大悟。

"怎么样？你老婆知道生日玫瑰是你送的吗？"翌日网聊，林馥娜调皮地问。

"她呀——"芦苇岸十二分地伤心，"不仅没有，仿佛还掖着藏着什么！"

"何以见得？"林馥娜追问。

"我问她是否有人送她玫瑰，她说没有。我说她们学校有人告诉我了，她说那是别人无事寻欢。你看你看！"

　　林馥娜像蜜蜂采到了鲜花一样："这就好，这就好哩！"

　　"还好，好在哪里呀？"芦苇岸心里酸酸地苦。

　　"傻瓜！难道你脑子里就一根筋？"林馥娜嗔怪道，"自己好好想想吧！"

结局二

　　"听说还有人给你送生日玫瑰？"夜晚入睡前，芦苇岸"酸不溜秋"地试探白玛。

　　白玛紧盯芦苇岸片刻，立马拧拧他的耳垂："是你导演的滑稽剧吧？还装模作样、神秘兮兮的！"

　　芦苇岸嘿嘿地笑。白玛闪电般地亲了他一口。

　　"怎么样？你老婆知道生日玫瑰是谁送的吗？"翌日网聊，林馥娜调皮地问。

　　"当然！她说除了我还会有谁？说罢，又是轻轻拧我耳垂，又是闪电般地亲我，睡梦中还笑出声来。你看你看！"芦苇岸脱口而答。

　　"既然如此，"林馥娜沉思道，"咱们还是——分手吧！"

　　"分手？"芦苇岸一惊，"为什么？"

　　"因为你老婆心里只有你，她还深深地爱着你！"

"可是，你不也说过爱我吗？"

"那是一时冲动，没考虑你老婆的感情！"

"考虑了又怎样？"

"凡事都有个先来后到，先入为主。既然你老婆一直爱着你，我也只能……"

结局三

"听说有人给你送玫瑰啦？"夜晚入睡前，芦苇岸不动声色地试探白玛。

白玛一惊，马上矢口否认："天方夜谭，压根儿没有的事！"

"没有的事？你们学校都有人通风报信啦！"

"别人拿你取乐呢！"白玛用纤纤玉指轻点芦苇岸的鼻尖。

"哦，原来这样！"芦苇岸佯装大悟。

"怎么样？你老婆知道生日玫瑰是你送的吗？"翌日网聊，林馥娜调皮地问。"她呀——"芦苇岸十二分地生气，"不仅没有，仿佛还掖着藏着什么！"

"何以见得？"林馥娜追问。

"我问她是否有人送她玫瑰，她说没有。我说她们学校有人告诉我了，她说那是别人无事寻欢。你看你看！"

"哦，原来这样！"林馥娜心中一动，"如果——我是说如果——你老婆真对你不忠，你怎么办呢？"

"还能怎么办？"芦苇岸异常淡定，"先和她简单沟通，看能否挽救我们的婚姻；如果不行，就……"

"就怎样呀？"林馥娜追问。

芦苇岸斩钉截铁："分手呗！"

林馥娜一惊："分手之后呢？"

"和你结婚！"

"如果——我不想呢？"

"你不会的！"

"何以见得？"

"我们网恋得如火如荼的！"

这时，林馥娜索性话锋一转："江非，你个王八蛋！"

"你是谁？你怎么知道我真名？"

"我是白玛。江非，我们离婚！"

初恋

邓洪卫

秦皮从30岁开始,好上了酒。一喝即醉,醉了爱说事儿。说什么事儿?说风花雪月的事儿。对谁说?对他的女人说。

叶儿呀,你过来一下。秦皮说。女人知道他又要说事儿了,就倒一杯水,坐在床边。秦皮抓住女人的手,说,叶儿呀——目光里柔情似酒,醇厚。

那时候,我们都还小,五年级吧。我要到县里参加少儿故事比赛。先在班上讲,又在全校讲。老师同学们都说好,我的心里甜呀,得意呀。可是那天早上,我上学校。我总是第一个到校的。我是班长,我要开教室门。可那天早上,我一进校门,就见你站在教室门口,你穿着一件蓝花上衣,是不是?你眨着黑眼睛,说,你的故事讲得好呀,要是讲话速度再慢一点儿就更好啦。我想了想,真是有点快了呢。我就调整了语速。结果到县里一讲,第一名,第一名呀!

女人说,喝水。秦皮就咕咚喝了一口水。

喝了水,清了清嗓子,秦皮接着说。每说完一段,总要握着女人的手,摇。情真意切。

秦皮40岁,仍然爱喝酒。喝了醉,醉了爱说事儿。说风花雪月的事儿,对他的女人说。

叶儿呀。秦皮说,记不记得?高考结束那天晚上,我们到校园后面的响水河堤上散步。那天晚上,我们谈了好久。我说我没考好,你说你也没考好,作文还跑了题。你骗我呀。你的作文根本没跑题,得了个满分。跑题的作文能得满分吗?嗯?我们互相宽心,宽着宽着,我们的眼神就有点儿飘忽忽的。我们就拥抱了,我们就接吻了。我到现在也分不清是你先动的手,还是我先动的口。总之,我们都觉得语言是多么苍白无力,动作才最真实有效。那是我的初吻呀。麻麻的,咸咸的,多复杂的感觉呀。是这感觉不,叶儿?

对呀,麻麻的,咸咸的。女人说。

那咱们学着吻一个。秦皮觍着脸凑过来。女人有些犹豫,但还是闭着眼迎上去。

他妈的,找不着当初的感觉了。秦皮拍着脸,怅然若失,掉头睡去。

初恋

秦皮50岁，越发爱喝酒，三天两头地，醉握着女人的手，说风花雪月的事儿。

叶儿呀，你后来怎么就做了一个医生了呢？而且还分在一个乡医院。那天晚上，我去看你，正好该你值班。真是个小医院，一晚上没一个病人。值班室也不大，一张帘子隔开来，外面是桌子，里面支一张小木床。我们先是在外面说话。后半夜，有些冷，你就坐上了床，盖了被。你让我坐在外面，有病人喊一声。我坐了一会儿，撩起帘子，钻进被窝儿。被子小，冷风透着缝隙往里钻。我们就抱在了一起。后来，我松了手，我解你的纽扣，你拉我的手，不让解。我甩开你的手，解！就解了。解开了，就成了一团火了。多旺的火呀，我快要熔化了呀……你说巧不巧，我们的事儿刚完，就有病人了。外面的门就被捶得咚咚响。你赶紧穿衣服。看完病回来，我们都乐坏了。原来，你从上到下，都穿着我的衣服。你说好不好玩？你说呀。

好玩。女人挤着笑容。

秦皮60岁了，仍然是酒不离口，醉眼迷蒙地对女人说事儿。女人真是好性子，仰着菊花状皱皱的脸儿，听。

有人对女人说，老醉鬼瞎绕绕，别睬他。

女人就笑，他高兴说，我也高兴听呢！

这一天，秦皮又跟一伙老朋友在外面耍闹。中午，聚在小酒馆喝酒。还没喝几杯，有人慌张张地来了，叫，秦皮，快回家！你女人喝醉了，躺在院子里，吐了一地。

秦皮扔了酒杯，跑到家里。女人已经被人扶在自家床上。歪着脖子，神志不清。

女人一把抓住秦皮的手臂，摇。

女人说，阿毛呀，你爱打架，成绩又最差，老师和同学都避着你，只有我喜欢你，跟你在一起玩。我考上了省城师范，家里没钱呀。你东跑西凑给我几百块钱，送我上了学。你什么也没考上，你就到省城做小工，挣的钱你舍不得花，给我买书，买衣服。我想好了，一毕业，就跟你结婚。可是，等我毕业后，你却瞒着我跟另一个女人结婚了，并且去了一个遥远的城市。你说你配不上我，希望我能找一个门当户对的，真心对我好的。我后来就找了秦皮。

女人摇着秦皮的手，说，阿毛呀，秦皮是个好人呀，对我也不错。可是他有一个毛病，爱喝酒。喝就喝呗，一喝就醉，醉就醉呗，可他爱说事儿。说就说呗，可尽说他以前的风花雪月事。他把我当作他以前的恋人了呀。我每次强作笑容，心都要碎了，碎了呀。30年了，他讲了上百次，我只好耐着性子听，我怕他不高兴呀。今天，他又出去喝酒了，一会儿回来，还得讲那些酸事儿，我真想拿胶布将他嘴粘上，粘上！

女人说，阿毛，你当初为什么要离开我呀，为什么呀？你知道我这么多年是怎么过来的吗？我苦呀。呜呜！

秦皮木木地坐着，任女人的手在他的手臂上，一下下地击打。

秦皮的眼里汪着泪，秦皮说，小苏呀！

60岁的秦皮戒酒了，这是谁也没想到的事。

每到黄昏，小街上会出现一对老人相拥的身影。

有人喊，秦皮，喝酒。

秦皮转身微笑，说，谢了。

那人又喊，这老东西，老了老了还浪漫了。

秦皮说，我们在恋爱呢。恋爱，你懂吗？

永远的雪儿

方东明

"嘟——"列车缓缓驶进站台。翔紧紧地盯着站口涌出的人群,长长的手臂高高地举起"接夏晓雪同志"的牌子在空中不停地晃动,另一只手不时地扶扶眼镜,搜寻着身材高大的女孩——他想象中的东北姑娘。

"嗨,我是夏晓雪。"随着一声银铃般的声音,一位纤瘦的女孩飘然而至。

"你就是,就是夏晓雪?"翔望着跟前这位娇小靓丽的白衣少女,竟有些疑虑地犯起口吃。

"不像吗?"她噘起小嘴,"大家都叫我雪儿。"并调皮地把颈上雪白的围巾用力向后一甩。

"像,像,像极了!"翔有些激动,"我是厂里派来接你的,不,是欢迎你这位高才生的……"

"……南方真美!"雪儿惊叹,"这片炽热的土地竟直让人悸动。"

翔说:"南方除了'热'还是'热',你看,这满山的枫叶都是透红透红的……"

"当我拿到毕业分配介绍信后,睡梦中都吟诵着'红豆生南国,春来发几枝……'的诗句。"雪儿像是在对一个久违的朋友不停地倾诉,"真的,我好向往南方,这片火辣辣的热土一定比冰天雪地的北方更具魅力。"

3年前如诗一般的初识就这样铭刻在翔的脑海里,历历在目。他终于情不自禁地将信投入邮筒。然而,就在投进邮筒后的一刹那,他开始后悔了,愈来愈强烈。

"你疯了!你自私!伪君子……"他想,她一定会这样骂,或许更严重。他越想越害怕,自己是一个有妻室的人,竟对雪儿做出这种荒唐事。

一连几天,他总是极力回避雪儿,仿佛她的眼睛时刻盯着他虚伪丑陋的灵魂。又一个星期过去了,雪儿轻快的脚步声却一如往常地飘然而至,或是汇报工作,或查资料,或请教技术上的问题,偶尔也谈文学,像什么事也未发生过。

"难到她没有收到那封信?"翔有时暗自庆幸。

但又害怕另一个结果：要是信落在其他人手里，便会身败名裂。他忐忑不安，精神恍惚，每每看到厂里三五成群的职工站在一起，便好像是在议论自己。

不久，当翔出差回来后，听到的第一个消息便是雪儿调走了，一颗本就寒冷的心不禁瑟瑟发抖。"难道是那封信……"他不敢再往下想，满脑乱糟糟的，彻夜难眠。

第二天一大早，寒风裹着雪花不停地下。翔匆匆来到办公室，桌上干干净净，资料摆放有序，他知道她来过。当他打开抽屉时，一封字迹熟悉的信静静地躺在里面，竟是自己寄给雪儿的那封。另一封是雪儿清秀的字迹，他急切地展开信笺——

又一个冬季来临，我不辞而别，请谅！你的信早已收到，你一定诧异我没有反应，是吗？因为，我根本没拆，然而，我知道那里面一定装着一颗灼烫的心。我想，人的一生中充满许多遗憾，比如说一个男人爱上一个女人，往往会不顾一切疯狂地去爱；而一个女人呢，为了爱一个男人，她不忍破坏他宁静的生活，更不忍另一个女人的哭泣，只得匆匆逃离。我们相遇，好似大海的两朵浪花，绽放的美丽虽然转瞬即逝，却

永远的雪儿

是一幕铭刻于心的美好回忆，天各一方，又何尝不是一种凄美的结局。

　　翔从信笺里抽出目光，愣愣地凝望着窗外，洁白的雪花依然那么幽幽地下着……

苏七块

冯骥才

苏大夫本名苏金伞,民国初年在小白楼一带,开所行医,正骨拿环,天津卫挂头牌。连洋人赛马,折胳膊断腿,也来求他。

他人高袍长,手瘦有劲,五十开外,红唇皓齿,眸子赛灯,下巴颏儿一绺山羊须,浸了油似的乌黑锃亮。张口说话,声音打胸腔出来,带着丹田气,远近一样响,要是当年入班学戏,保准是金少山的冤家对头。他手下动作更是"干净麻利快",逢到有人伤筋断骨找他来,他呢?手指一触,隔皮截肉,里头怎么回事,立时心明眼亮。忽然双手赛一对白鸟,上下翻飞,疾如闪电,只听"咔嚓咔嚓",不等病人觉疼,断骨头就接上了。贴块膏药,上了夹板,病人回去自好。倘若再来,一准是鞠大躬谢大恩送大匾来了。

人有了能耐,脾气准各色。苏大夫有个各色的规

苏七块

矩，凡来瞧病，无论贫富亲疏，必得先拿七块银元码在台子上，他才肯瞧病，否则决不搭理。这叫嘛规矩？他就这规矩！人家骂他认钱不认人，能耐就值七块，因故得个挨贬的绰号叫作：苏七块。当面称他苏大夫，背后叫他苏七块，谁也不知他的大名苏金伞了。

苏大夫好打牌，一日闲着，两位牌友来玩，三缺一，便把街北不远的牙医华大夫请来，凑上一桌。玩得正来神儿，忽然三轮车夫张四闯进来，往门上一靠，右手托着左胳膊肘，脑袋瓜淌汗，脖子周围的小褂湿了一圈，显然摔坏胳膊，疼得够劲。可三轮车夫都是赚一天吃一天，哪拿得出七块银元？他说先欠着苏大夫，过后准还，说话时还哼哟哼哟叫疼。谁料苏大夫听似没听，照样摸牌看牌算牌打牌，或喜或忧或惊或装作不惊，脑子全在牌桌上。一位牌友看不过去，使手指指门外，苏大夫眼睛仍不离牌。"苏七块"这绰号就表现得斩钉截铁了。

牙医华大夫出名地心善，他推说去撒尿，离开牌桌走到后院，钻出后门，绕到前街，远远把靠在门边的张四悄悄招呼过来，打怀里摸出七块银元给了他。不等张四感激，转身打原道返回，进屋坐回牌桌，若无其事地接着打牌。

过一会儿，张四歪歪扭扭走进屋，把七块银元"哗"地往台子上一码，这下比按铃还快，苏大夫已然站在张四面前，挽起袖子，把张四的胳膊放在台子上，捏几下骨头，跟手左拉右推，下顶上压。张四抽肩缩颈闭眼龇牙，预备重重挨几下，苏大夫却说："接上了。"当下便涂上药膏，夹上夹板，还给张四几包活血止疼口服的药面子。张四说他再没钱付药款，苏大夫只说了句："这药我送了。"便回到牌桌旁。

今儿的牌各有输赢，更是没完没了，直到点灯时分，肚子空得直叫，大家才散。临出门时，苏大夫伸出瘦手，拦住华大夫，留他有事。待那二位牌友走后，他打自己座位前那堆银元里取出七块，往华大夫手心一放。在华大夫惊愕中说道：

"有句话，还得跟您说。您别以为我这人心地不善，只是我立的这规矩不能改！"

华大夫把这话带回去，琢磨了三天三夜，到底也没琢磨透苏大夫这话里的深意。但他打心眼儿里钦佩苏大夫这事这理这人。

雪夜赌冻

高晓声

冬天总是冷的。那一年特别冷，旧雪未消，新雪又下；屋檐头的冰锭，粗了又瘦，瘦了又粗，长了又短，短了又长，像活了似的。赵员外这一阵好久不敢出门，出门要冻死的；在家里烘着火，身上都还冰凉呢。

这一天又是大雪，天明明已经夜了，但屋外还很白亮亮，雪停下来了，外面一点声音都没有，赵员外一家人，正在晚餐，炭火烧得旺旺的，小孩子抢着火锅里的好东西吃，吃得脱了棉袄还出汗，赵员外和西宾陈先生在喝酒赏雪，说点无关紧要的话。这时候忽然有个叫花子穿着破旧的单衣薄裤无声无息地佝偻着颤抖的身子站在他家的门口，赵员外吓了一跳，厉声喝道："快走，到别处去，不要在这里冻死了害我。"那叫花子听了说："老爷，我这个人冻是冻不死的，我很饿,饿得走不动了,你给点吃的吧,否则就要饿死在这里了。这倒真把你害了。"赵员外听了无奈,就叫家人赶快给点吃的让他走。那人吃了之后,身子挺起来了,颤抖也停止了,他还谢了一声,便要走路。

赵员外忽然好奇起来,喊住道:"且慢,我倒问你,你这人为什么冻不死呢?"叫化子笑笑说:"你看我,就这副穿戴,熬过了好些年,今年也大半个冬季熬过去了,还没有冻死,能冻死小早就冻死了?"赵员外摇摇头说:"我不相信,天下哪有冻不死的人?我同你打个赌,你今天在庭前那棵大桂花树下站一夜,如果没冻死,我输给你五百亩田,一宅大房子,一爿当店;如果你冻死了,那是出于自愿,不关我事。你敢不敢赌?"

叫化子说:"老爷可是当真?"

"当然。"

"谁做证人?"

"证人现成的,我家西宾陈老师,德高望重,最合适了。"

叫化子点点头,想了想说:"我只有一个条件,你答应了,我就赌。"

"什么条件?"

"给我一束柴禾,让我站在柴禾上就行。"

赵员外想想说:"站着可以,但是不许坐下去。"

叫化子微微一笑说:"一定了,坐下除非我冻死了。"

于是双方都赞成陈老师做证,并请他写成契约。陈老师也只好答应,就照他们议定的条件写成文契,三读才算通过,由双方签字画押后,自己再作为证人签字生效。

赵员外派了手下两个人轮流监视着。那叫化子就在大桂花树下的一束柴禾上站了一夜,天亮时赵员外起身看到他时,他两只脚还在柴禾上原地踏步呢。

赵员外赖不掉,只好输给他五百亩田,一宅房子和一爿当店。这样,叫化子就成了赵员外的邻居,他也发了财,成了个小员外,讨了个老婆,组成一个富有的家庭,饱衣足食,逍逍遥遥地过了两年使人羡慕的日子。每年冬天,碰到下雪天,就想起那年赌命的事情,还很感激赵员外,总要请他过来饮酒赏雪。

到了第三年冬天,下雪天又多起来,前次下的雪不大肯走,在等后雪来。就在又下后雪的日子里,赵员外做东,请新员外来赏雪。叫化子穿裘衣,戴裘帽,蹬皮靴前来赴约,两人开怀畅饮,还特意请了陈老师来，共同回忆起三年前那天的光景，说了许多的话。最后赵员外忽然笑嘻嘻对新员外说："你真是天生的财主命，那一夜没死，就交了好运，日子过得好起来了。不过你还不算富，还不如我，你敢不敢再同我打一次赌，赌注还是那么多，赌法也一样，我若输了，再给你那么多，那你就比我还要富了。你若输了，不但白死，还要把原先赢去的那些归还给我。怎么样？"新员外乍听就不假思索地说："那有什么难的，我……"说着也犹豫起来，看看自己身上的穿戴，脱下来人就会发抖，怎么冻得起一夜呢？赵员外看他为难，哈哈一笑，开导他说："你看屋檐上挂的冰锭，还没有当年粗，当年长，可见今冬虽冷，不及当年。当年那种冷法，你却经受得住，现在倒做懦夫啦！"新员外被这一激，泼皮的性子就出来了，站起来说："谁做懦夫？赌就赌，还不是保赢么，你可不要肉痛！"说着，两人果然又邀陈先生做证，赌了起来。

半夜刚过，新员外就坐下去了，他想把柴禾遮住身子，哪里有用？天不亮就冻死了。

人是会变的，冻得铁硬的骨头，在暖窝里焐了两年，自然也焐酥了，这个道理，我想无人不懂，无奈不常去想它就是了。其实靠这一简单的道理，可以想通社会上许多复杂的事情。

梯子爱情

红墨

祖 父

祖父站在树上,随着一把一把稻草飞扬上来,祖父越站越高。

祖父是叠稻草蓬的高手,祖父叠的稻草蓬鼓圆圆漂亮结实,从不会因漏雨烂心。

割了秋季稻就要叠稻草蓬,叠在地上,也叠在树上,以储备垫猪圈做栏肥和耕牛过冬的饲料。

菊子握着长长的竹挑,让稻把飞扬起来。祖父退下竹挑头的稻把,叠在脚下。

还有俩妇女把散晒在地上的稻把聚拢到菊子的竹挑下,其中一个突然肚子疼,另一个扶着她回家了。

祖父扎好了稻草蓬的帽子,准备下来。菊子放下竹挑，把梯子倚在稻草蓬上，双手扶住梯子。祖父的一只脚没有踏实梯子的横档，整个身子滑溜了下来。菊子本能地抱住祖父，祖父趁势抱住菊子，没有松开。

夕阳已下了山梁，突然落下几个雨点，祖父利索地拖来好多的稻把，挨着稻草蓬，筑了间洞房……

菊子就成了祖母。

祖父的老婆病死了，留下一儿子；菊子的老公修渠被砸死，也留下一儿子。祖父的老婆几次托梦，让祖父娶了菊子；菊子的老公也几次托梦，让菊子嫁给祖父。可是祖父和菊子心里都犯嘀咕：本来就穷，再添上俩儿子，雪上加霜，怕连累了对方。

那天，队长故意安排祖父和菊子一起干叠稻草蓬的活。俩妇女闹肚子疼也是一场双簧戏。

也许是屋子太挤，也许是祖父祖母骨子里的浪漫，祖父祖母在夜幕的掩护下，在后来的若干年里仍去稻草蓬下，筑一个爱巢……

父 亲

祖母对祖父说，父亲就是在稻草蓬下怀上的。

新垒的两间泥瓦屋先后给两个哥哥成了家。父亲仍居住在老屋里，床安在楼上，潮湿的楼下住的是祖父祖母。

父亲初中毕业后就出远门跟随师傅学钉秤手艺。父亲个头不高，钉秤行担重，吃了不少的苦。更难的是，父亲学不会行当里的鬼把戏，比如，秤杆不是正宗市场进的货，水分还没有真正地晾干，买家没用上几天，秤杆就会弯曲变形，如此以次充好，钉秤师傅就能赚到更多的钱；秤砣底下有个小孔，里面装进糊泥，样品确凿实心秤砣，可是买卖结束前还是被钉秤师傅神不知鬼不觉地掉了包。

父亲是个实诚人，做不了肮脏手脚，自然赚不到钱，所以若干年过去，仍然垒不起新的泥瓦屋，只能一直蜗居在老屋低矮的楼上。

菜叶看上父亲的英俊和实诚，可是因为父亲的"窝"，也就没能吃了秤砣铁了心。父亲不怪菜叶，没个窝，咋成家呢？那天，菜叶来父亲家。祖母心里乐开了花，急忙给未来的媳妇煮鸡蛋酒吃。菜叶客气着不让祖母煮。父亲说："你就别推让了，我娘心里会难受的。"吃了香甜的鸡蛋酒的菜叶上了楼……

祖母悄悄撤了两脚梯。菜叶哀求父亲让祖母放回梯子。祖母心里说，得罪了，我的好媳妇！梯子一直没有放回。

祖父大嗓门地对祖母说："走走走，咱俩去代销店磨嘴皮子去。"祖父还把门关得山响。祖母乐颠颠地跟在祖父屁股后。

菜叶成了母亲。

儿子

父亲的夙愿儿子得以完成，儿子师范大学毕业后在县城中学任教。在边远山区支教的时候，儿子与香香相识，相知。香香在政府的扶贫捐助下完成了学业，回到老家枣树乡希望小学教书。香香漂亮、温和，对孩子们充满爱。香香渐渐走进他的心里，并满满地占据着他的心灵空间。可是娶了香香，就意味着他得永远留在大山里。他的形象在香香的心里也很丰满，可是香香自觉配不上他，而且自己永远不会走出大山，这儿永远是她的根。所以俩人只是默默地相互喜欢着、欣赏着、体贴着、关照着，并没有捅破那层薄薄的纸。

阿望是香香班里的学生，在爬上自家院子的枣树，采摘枣子准备送给香香老师和他的时候，不慎摔了下来，跌伤了脚。香香和他买了礼物去看望阿望，顺便辅导阿望落下的课业。阿望家离学校要走半小时坑坑洼洼、曲曲拐拐的山路。

阿望的父母在东部沿海打工，家里只有一个弯着脊梁的老奶奶。老奶奶刻满皱纹的脸盘笑成向日葵，端出撒着红糖的糍粑款待老师。香香和他，嘴上都沾满红糖。屋里的笑声四面飘散。

阿望让他搬来一架梯子，倚在枣树上。他站在枣树的树杈上。阿望要过香香老师的手机，又让香香老师登上梯子。

香香和他站在枣树的树杈上。

阿望用手机拍照，还指挥香香老师和他一起绽放甜美的笑容，并用臂弯搭出一个漂亮的心形。

香香成了儿媳妇。

柳先生和小黑

侯德云

柳先生是瓦城有名的前辈文士,更是我亦师亦友的忘年交。老人家十年前退休了。退了弄啥呢?没等我替他想出办法,他自个先想出来了,弃文从武,拜人为师,到抱龙山上练拳去了。不是义和拳,他说,叫个什么大成拳。

瓦城人知道抱龙山的很少,大多叫西山。以主城区的坐标而论,山确实在西边,叫西山也无不可。不料时间久了,小名取代大号,弄得天下人皆知西施而不知施夷光。

每年春秋两季,我常到抱龙山上去。最多时一天两次,一次迎着朝霞,一次追着夕阳,步行上班或下班。这样,将行路与健身合二为一,累计二十余年矣。

我熟识抱龙山,就像熟识柳先生一样。

抱龙山从早到晚人流不息:有暴走的,有漫步的,有跳绳的，有跳舞的，有荡秋千的，有打麻将的，有抡鞭子的，有遛狗的，有吹唢呐的，有吹胡子瞪眼的，有眉来眼去的，有搂搂抱抱的……老老少少，雄雄雌雌，都是寂寞的或不甘寂寞的灵魂。

柳先生主要是来练拳。说是练拳，可我从未见他出拳。人家影视中的武人，都是嗖嗖嗖地挥拳头，且伴以闪转腾挪，动作快得很。你柳先生怎么搞的嘛？

柳先生白了我一眼：你懂什么？这叫站桩！

嗨，咱不闹好不好？两脚分开，与双肩同宽，屈膝，站立不动，两手像括号一样端在胸前，也一动不动。站个什么桩呀，显然是抱西瓜嘛。

抱西瓜就抱西瓜，柳先生脾气好，我说什么他都不恼。

从此手机里我经常这样跟柳先生打招呼：今天抱西瓜了没有？或者：正在抱西瓜？

没想到经常抱西瓜的柳先生竟然在抱龙山上闹出一场婚外恋。恋爱的对象叫小黑。小黑爱吃花生，最好是带壳的那种，先生于是成包成包买花生。

柳先生以前是每天去一次抱龙山，现在有了小黑，改成每天去两次。老伴得知其中原委，想插嘴，哪承想只开了个头，先生的眼睛便瞪得老大，喘气都粗了。

柳先生和小黑

老伴吓得一哆嗦，从此不闻不问。

小黑的家就在抱龙山。

小黑是一只松鼠，黑松鼠。

抱龙山上有很多松鼠。棕色，黄色，灰色，黑色，都有。我常看到。不过我看到的松鼠，听到脚步声，噌一下都没影了。精怪得很，警惕得很。

谁能想到柳先生竟然跟一只松鼠好上了呢？好到除了下雨下雪天气，他都要来抱龙山看小黑。

抱龙山上有很多练功场，都由人工平整夯实而成。大多是椭圆形，也有近于长方形或正方形的，十几平方米到六七十平方米不等。有的安装了单双杠或别的室外健身器，有的吊起了拳击沙袋。最奢华的一个，安了电灯。

柳先生师徒名下的练功场，不算最奢华，但也很上档次。主要特点是面积比较大，有六十几平方米，周边大多是二十几米高的柞树和洋槐。五月槐花香，先生在树下抱西瓜，心里香得不行不行。

我问过柳先生，你跟小黑的初恋，是怎么一种情况？

柳先生抿着嘴笑了。

柳先生喜茶，每日上山，都携带一大杯茶。常见的保温杯,差不多能装一斤水的那种。先生的茶点,是少许炒花生之类的小食品。

柳先生来到练功场,先把保温杯和炒花生放到一块岩石上,然后开始抱西瓜。

连续几次,柳先生小憩时,发现保温杯还在,炒花生却没了。

柳先生长了心眼,再去,他调转方向,冲着岩石抱西瓜。就这样,小黑被他发现了。就这样,他的花生越买越多。

柳先生跟我这样说小黑:你说它傻不傻啊,它把花生往草丛石缝里东藏一颗西藏一颗,可刚离开,就被别的松鼠给偷了……

我听了哈哈大笑。

柳先生师徒都认识小黑。小黑也认识他们中的每一个。不过奇怪的是,小黑只跟柳先生一人亲近,对其他人则稍稍远之。

柳先生给我发过一个视频,看得我心里一阵阵发热。

柳先生坐在树下,平伸手臂,掌上托着几颗花生。小黑从镜头外闯入,一跳,跳到先生肩膀上,再沿着胳膊一蹿,跃上手掌,迅速叼起一颗花生,一边剥壳,

柳先生和小黑

一边冲柳先生作揖。先生满脸笑意。视频的背景里,有缤纷的秋色。

隆冬时节的一天黄昏,柳先生约我小酌,地点定在抱龙山下的万利小酒馆。我应邀而至。推门,看见先生将两只胳膊平铺在餐桌上,脑门枕着手臂,听见门响才抬头。

我吓一跳。我看见柳先生的眼圈很红很红,还听见他对我说:小黑不见了……

那天在酒桌上柳先生和我谈的全是小黑。小黑七天前不见了,先生找了它七天,直到听人说,前些日子有外地人专门来山上打松鼠,这才死了心。

柳先生说:小黑,八成是不在了。说完重重地叹一口气。

随后柳先生喋喋说起小黑的种种逸事:小黑在柞树上跟一对喜鹊打架,连打三天,把喜鹊羽毛薅掉好几片,愣是把它们撵到别处安家;小黑淘气,经常把柳先生的提包拉链拉开,看看里边装些什么;有人跟小黑开玩笑,递香烟给它,小黑不知何物,吓得飞快跑掉,回头趁那人不注意,把他整包的香烟叼上树,撕开包装,噼里啪啦往下扔……

说这话的时候,柳先生一会哭一会笑,神经兮兮的。

干了最后一口酒,柳先生说:明天开始,不站桩了,我要出拳!

接着又说:大成拳,也叫意拳,想打谁就打谁,厉害得很。

柳先生说完,在我面前使劲晃了一下拳头。

柳先生年逾七旬,白发如霜,拳上青筋暴跳。

火眼金睛

侯发山

大高是河洛地区远近闻名的杂技演员，他的绝技是眼中喷火，两股火苗从眼睛里喷出，像两条火蛇一样，而且，不是直线飞射，带拐弯的，像是舞蹈着的火龙，大家就叫它"火眼金睛"。

大高有个徒弟叫阿三，其实就是个跟班打杂的，跑跑腿，搬搬道具。阿三一直想学习"火眼金睛"，但大高没有答应，说眼里喷火是所有火术表演中最危险的，因为表演过程需要火焰、易燃物和有毒燃料的参与，一不小心非死即伤。

这话说得语重心长，阿三却不以为然，以为大高自私，担心"教会徒弟，饿死师父"，跟老辈子那些师父一样，都要留一手。

阿三耳濡目染，加上偷偷观看师父练习，也学得八九不离十。私下里，阿三瞒着师父训练。阿三练习的时候，没有使用燃料，他倒不是怕危险，怕被师父发现，就用水来替代燃料练习，练习的重点是如何控制喷射的方向和连贯性。

这天，阿三的老父亲老树来看望阿三。阿三正在配燃料（这个配方大高倒没有隐瞒，每次表演都安排阿三配制），当晚有一场表演，阿三不敢怠慢。老树看到地上滚落的空酒瓶，顺嘴问道："用酒代替燃料？咋不用汽油和酒精呢？"阿三说："师父说过，汽油和酒精是最危险的，千万不能使用，一不小心就会烧伤演员。"

老树问阿三："你还没学会'火眼金睛'？"阿三哀怨地说："他不教我。"

老树叹口气，好久，才恨恨地说："当年我送你到这里，就是为了学习这个独门绝技。"阿三说："我偷偷学着呢。"

"阿三，阿三。"前台大高在喊。"来了师父。"阿三应答着出去了。

大高说："阿三，今天晚上你表演'火眼金睛'。"

"师父，我，我……"阿三有点不自然，莫非师父知道自己偷学的事儿？

大高没有兴师问罪的意思，拍了拍阿三的肩膀，说："今天不是你老父亲来了吗？你就好好给他老人家表演一番，我知道你能行的。不慌张，我给你当助手。"

"师父……"阿三的不自然很快被感动代替。

接下来，大高就给阿三讲解了几个要点，然后鼓励他上台表演。就这样，阿三几个跟头的热身之后，开始正式表演"火眼金睛"。没想到，两股火苗刚从阿三的眼里喷出，只听阿三"啊"的一声倒在地上，不停地翻滚——阿三的两只眼睛着火了！

大高明白过来后急忙扑火。后来，阿三被送往医院，性命无忧，两只眼睛给烧毁了。

阿三的父亲老树要到官府告大高。大高求情道："阿三残废了，今后怎么生活？不如让他跟着我，我保证一辈子照顾他，并教他几个能够养活自己的杂技。"老树想了想，也就答应了。

后来，师徒二人无意中说起那次意外。大高说，那次燃料被人更换，添加了汽油。阿三大吃一惊，气愤地说："师父，果真如此？您怎么不报官啊？""没有证据，报官也没用。"大高说罢，长叹一声。

其实，大高已经猜测到，那次从中做手脚的是阿三的父亲老树，害怕自己吃官司，来了个恶人先告状。

大高知道,一旦猜测被证实,老树的牢狱之灾是免不掉的。阿三呢?他如何接受这个现实?所以,大高没有报官。

不过,自从阿三的眼睛失明后,大高再没表演过"火眼金睛"。乃至到了今天,这门杂技也就失传了。

菩萨

李立泰

父亲身体不好,老咳嗽,睡眠质量很差,半夜咳醒,就披衣服坐起来。母亲也坐起来陪父亲,两个人对着脸说话,母亲给父亲倒杯水喝,压压咳嗽。

眼看父亲日渐消瘦。母亲也拿不出什么好的补品,当年生活都困难,能吃上饭就不错了,母亲最好的东西就是早晨的一个鸡蛋花儿,叫父亲喝。

吃的药嘛,在厂医务室拿的,薄荷片、止咳糖浆啥的。

父亲是先进工作者,老积极,早上班晚下班,对工作是勤勤恳恳、兢兢业业,吃苦在前、享受在后,服从领导、团结同志、任劳任怨、以厂为家……这些四个字的好词,毫不夸张,都用在父亲身上也不为过。上班三十年从没请过假,没缺过一天勤,有名的老黄牛!

一次父亲和领导陪客人吃饭,父亲拘谨地光拣青菜吃,好的肉菜省给客人。最后把剩下的半瓶酒、一盒烟、一个打火机,是那种南方刚出的一次性塑料液体打火机,交到办公室。

看看,这就是20世纪五六十年代的工人阶级的父亲,公家的好处一星一点不沾,厂里的一草一木、一个钉头、半截铁丝也没往家拿过,真真的大公无私。

这次单位也是变相地奖励父亲,老积极分子,安排他出差天津给厂里办事,让他出门转转,看看大城市。

父亲工作这些年,从没出过远门,母亲为父亲做了件新上衣。母亲嘱咐父亲,给厂里办完事,转悠转悠,看看大城市,再到大医院看看咳嗽。父亲说,行。

火车票父亲买硬座,住旅店,不住宾馆,在小吃摊吃饭,给厂里省钱。厂里搞建设需要资金呀!最后一天上午办完事,去火车站买了返程票,下午去了天津第一人民医院挂号看病。

大夫听诊器在手里暖着,待温暖了,给父亲听诊,大夫感觉有问题,开了单子叫父亲透视,父亲还不情愿去:"一个咳嗽,还用透视啊?""去吧,诊断需要。"大夫说父亲。父亲透完视,X光报告交给大夫。

大夫问父亲:"谁跟你来的?"

父亲说:"我自己。"

大夫说:"你不能回去了,需要住院观察。"

父亲的脸腾地红了,说:"大夫,我的火车票都买了,晚上七点的火车,要不火车票就瞎了。"

大夫说:"老同志,我不是开玩笑,你真的需要住院观察治疗,马上去邮局给您厂里打电话,告诉家人。"

父亲无奈地说:"好吧,那我给厂里说,让家里来人。"

"大夫您写住院手续,我去去就回。"

父亲出来医院,回头看看没人跟着,就撒了丫子,奔火车站去了。到了天津火车站候车室,父亲找个座位眯起来。你叫我住院,虽是好意,为我好,可是有那必要吗?厂里上新设备,人手紧,一个人当俩使。家里也离不开我,孩子小,老伴顾不过来。再说了,我不回家,住院了,还不把她吓个半死。啥病啊,这么严重吗?假如真需要住院,我再回来不迟。

想到这里,父亲还暗自庆幸逃出了医院,只是觉得怪对不住大夫的,态度多么好的人啊!咱这不是不知道好歹吗?好同志啊,对不起了!

几天来太疲劳了，父亲迷迷糊糊地睡着了。

睡梦中父亲忽然听到火车站广播喇叭喊："各位旅客请注意，各位旅客请注意，下面广播寻人启事，钟祥明同志，钟祥明同志，听到广播后，请到候车室门口，有人找。"播音员喊了两番儿。

父亲从座椅上扑棱坐起来，揉揉眼睛，朝候车室门口快步走去。

谁呀这是，进的设备有变故？是刘科长啊？还是机床厂的胖科长？

当父亲走到候车室门口，朝人群里望去，没刘科长也没胖科长，却见医院的大夫从救护车下来，冲父亲快步走来。

父亲看见大夫后，眼瞪得老大，惊呆了！哎呀，大夫追到火车站来了。

大夫喊父亲："老钟同志！老钟同志！"父亲的脸又腾地红了。

大夫说："老钟同志，你说出去打电话告诉厂里和家人，我一等不来，二等你也不来，到下班你也没回来。"

父亲不好意思地说："大夫，对不起，对不起，别生气，俺是怕家里人挂着我。"

大夫说:"别说了,你是我的病人,马上跟我回医院,你这病可耽误不得。"

父亲涨红着脸,鼓了鼓勇气,对大夫说:"我都买火车票了。"

大夫说:"老钟啊老钟,票好办,到退票窗口办理退票。"

这是那个年代的真事。

当年的白衣天使,救死扶伤,他们大都是介于好人与菩萨之间的人。

翠兰的爱情

李伶伶

翠兰看上了村里的单身汉马成。马成媳妇没了，自个儿带着儿子过，翠兰男人没了，自己带个女儿过，俩人走到一起，多好的一家！

翠兰托媒人去马成家说媒，媒人回来说，马成不同意。翠兰问为啥？媒人吞吞吐吐不想说。翠兰直着急，让媒人尽管说。媒人才说，马成说你太厉害，不敢娶。翠兰一听，心里这个气，心说，你越不敢娶，我还偏要嫁给你！

翠兰家的米快吃没了，地里的活太多，她没时间去买，就想让谁上集帮她捎一袋回来。正在街上等着，马成骑车子过来了。翠兰叫住他，问他是不是上集去。马成说是。翠兰就说，那你帮我买一袋大米吧。马成因为拒绝了翠兰，再见到她，有点儿不好意思。正犹豫呢，翠兰说，咋，求你这点儿事都不行？马成忙说行,骑着车子逃也似的离开了。

翠兰去地里干活,把大门从里面锁了,从后门走的。中午回来见大门被人动过,就知道肯定是马成送米来了,没能进来。翠兰洗洗手,换件衣服,想去马成家取米,想了想,又没去。吃了饭,歇一会儿,又去地里干活了。晚上翠兰刚吃过晚饭,就听见有人敲大门,马成在外面喊,翠兰,翠兰。翠兰没作声,听了一会儿,没动静了,才脱衣服睡下。

第二天一早,翠兰早早去了马成家。到了他家,也不进院,隔着墙喊,马成,马成,你昨晚是不是去我家了?那声音,大得四邻八舍都能听见。翠兰喊完了就在外面等。马成还没出来,马成的邻居桂芳先出来了,看见翠兰,脸一沉,转身又回去了。

翠兰见桂芳这样,就知道媒人说的是真的。媒人说,马成之所以不同意和翠兰的亲事,还有一个原因,就是他心里惦着桂芳呢。桂芳男人也没了,桂芳对马成也有意思,可桂芳的家人不同意,俩人的事就一直悬着。

桂芳已经回自个儿屋去了,马成才出来。见是翠兰,就说,我昨天给你送两趟米,你都没在家。翠兰说,我昨天在地里干一天活,晚上吃完饭,到吴二婶家坐一会儿。马成也没细究,就把大米送到了翠兰家。

早饭后,翠兰又去地里干活,在地里碰见吴二婶。吴二婶悄声问她,你跟马成啥时候到一起的?翠兰说,二婶你可别乱说。吴二婶说,我怎么是乱说呢,马成上你那儿去,谁不知道啊。翠兰笑着也不辩解。

没过多久,翠兰听说桂芳和马成闹僵了,桂芳说马成心不诚,和别的女人不清不白。翠兰心里喜,可表面上却显得很焦急,她去找马成,问他传言是不是真的,桂芳是不是在说她,她可以跟桂芳解释清楚。马成说,不用解释,越解释越不清。

夏天还没过完,桂芳就嫁了,嫁到一个很远的地方,马成再也见不到她了。马成很失落,经常望着桂芳住过的院子发呆。翠兰见马成这样,也不去打扰他。

秋天说来就来了,家家户户都忙了起来,恨不能一下子就把庄稼都收完。翠兰也忙,她割完了豆子想割高粱时,发现镰刀坏了,就去马成家借。一进院就听见一阵哭声,是马成的儿子小东。马成没在家,小东饿了,想自己泡碗方便面吃,结果把暖壶弄倒了,暖壶里的开水把小东的手烫伤了。

翠兰赶忙抱起小东往医院跑,医生把小东受伤的手包扎好了,马成才赶到。马成心疼地看着儿子,想抱抱他,被翠兰一把推开了。翠兰说,有你这样当爹的吗?把孩子的手烫成这样!说完,抱起小东就走。马成在后面跟着,几次想接过小东,翠兰都不给。

翠兰把小东抱回了自己家,马成也要进来,被翠兰挡在了门外。晚上马成来接小东,小东不回。小东说,翠兰婶做的饭比你做的好吃。马成想进屋去坐会儿,被翠兰拦住了。翠兰说,太晚了,你就别进去了。

小东住在翠兰家不愿意走了,马成来接了好几次,小东都不回。马成说,这孩子,真不懂事。翠兰说,大人比孩子还不懂事。说完,又要关大门。马成说,等等,等等,你怎么总不让我进门呢?翠兰说,我的门,可不是那么随便进的。马成愣了愣,没说话,走了。

当天晚上,媒人就来了,来替马成说媒。翠兰笑了,一脸的幸福。

盲人与小偷

李永康

淡灰色的防盗门虚掩着,他轻轻拉开后,露出一道菜花色的老式镶板门,他非常兴奋。他不止一次开过这种双重门进过这种貌似朴素的居室。传言,有一些贪官就是用这样的房子来掩人耳目窝藏赃款的。他瞄准锁孔插入工具。开这种鸭舌式的锁对他来说太小儿科了,毫无技术含量,他甚至有点怀疑这家主人太弱智了,居然还用这样一种锁来迷惑人。

他小心翼翼地把两道门带上,然后蹲下抄起一只拖鞋扔了出去。砸出的响声不大,像猫逮老鼠时跳跃触地般发出的。室内没有一丁点反应。他胆子壮了起来,便站直身子朝里走。

"二娃子,你来啦?"声音不大,很平静。他疑心是自己心里发出来的,所以没有停下,继续往屋里走。

盲人与小偷

"你今天是先拖地还是先抹窗子？"这次他听得清清楚楚，声音是一个中年男子从客厅进门转拐处的沙发上发出的。客厅的窗帘拉着，光线很暗，刚进屋很难发现沙发上还坐着人。

"糟糕，今天失手了！"他不由得暗暗在心里叫了一声苦，转回头往门口退去，试图根据情况夺路而逃。

坐在沙发上的男人一动不动地指挥道："你去把厨房的水瓶提过来，先泡两杯茶，我今天请你尝尝二级峨眉毛峰。"

他不敢回应。

沙发上坐着的人又喋喋不休地自言自语道："我知道你不能说话，最早姐姐把你带来的时候就告诉过我，说你心明眼亮，耳朵好使，可以耐心地听我这个看不见的人说话，你不知道，我等你好长时间了，你来了，我说着话心里就亮堂了许多。"

原来沙发上坐着的是个盲人，他一下子放松了，便停止了逃走的打算。

"水瓶提过来没有？先喝一口茶，再慢慢做卫生，要不，今天就不抹窗子了，只拖地，房间里也可以不拖，只拖厨房、卫生间和客厅，要不，都不做，反正等几天你又要来做,我就想和你喝喝茶说说话,你不知道,这茶是我姐姐用我自己第一次挣的钱买的,我姐姐人可好了,我父母去得早,是姐姐把我带大的,她下岗好多年了,拖着侄儿和我在中介所打零工。"

他换上拖鞋,不由自主地去厨房提来水瓶泡茶。他开始同情这个盲人了。

"说真心话,二娃子,我有点佩服你,你说你又说不来话,自己出来打工挣钱养活自己不说,还要供养自己残疾的父母。"

他很想告诉沙发上的盲人,他不是二娃子,也不是残疾人,他好手好脚,但游手好闲不务正业。但他不敢吭声。今天他是一个哑巴。他要把这场戏演到底。

沙发上的人说:"喝茶喝茶。"

他呷了一口,有些苦涩。

沙发上的人又说:"我去盲人按摩所上班,一是受到你的启发,你都那么能干,我好脚好手的咋不能自食其力呢,二是想帮衬我姐姐一把,我姐姐她太苦了,先前每个月挣的钱就花在我们两个无用的男人身上,我侄儿虽然十九岁多了,可他小时候得小儿麻痹症,现在连站起来都困难,整天只能躺在床上,几年前我姐夫下岗后承受不了压力,精神失常后走丢了,为了我姐夫，我姐姐花光了所有积蓄，把房子也卖了，这个房子都是租的，我很佩服我姐姐，她确实是女中豪杰，比男人还能干。"

他情不自禁地去厕所拿来拖把，开始打扫客厅。

"二娃子，如果你嫌我啰嗦就使劲跺两脚，我听到后就不说话了，来，喝茶喝茶。"

他把客厅拖完，又去喝了一口。一股淡淡的清香味沁人肺腑。

"这茶味道说不出地好。"坐在沙发上的人卖个关子动情地说，"简直有点像书上说的，妙处难与君说。二娃子，你早就品尝过这种美滋滋的味道是不是？可对我来说却是第一次啊，用自己劳动挣来的钱生活，是世间最美的享受！"

这盲人的生活态度深深地感染着他。

"你再倒点水，我给侄儿也喝一口。"沙发上的人边说话边站起来，端着杯子熟练地往里屋走去。

下午三点，打扫完卫生，他从包里掏出四张五元的钱放在茶几上。正要出门，门吱扭一声开了，一个和他年龄相当的敦实青年背着个帆布工作包走了进来。那人啊啊地对他比画了几下，他点点头侧身让了一下出了门。

楼梯上洒满斑斑点点的阳光。

时差

刘斌立

蒙特利尔的第一缕阳光洒落到了圣劳伦斯河上,夏祺设定的闹钟也准时响起。夏祺按掉了闹钟,打开手机给她发去了一个问候。

"亲爱的,我又开始了新的一天。而你辛苦的一天也将结束,祝你晚饭愉快!"

而在这个时候,地球的另一面,12个小时黑白轮替的北京,安秋刚刚下班。她闭着眼睛揉了揉太阳穴,然后打开了手机,微笑着给他发去一个信息。

"胖子,我该下班了,你的一天要开始了,好好吃早饭!"

夏祺在楼下买了杯咖啡,钻进路边他那辆不知道多少手的车里。他想了想,还是快去上班吧。反正公司的咖啡区里也会有小点心和巧克力。早餐就这么对付吧。

10月的秋夜里，北京已经有了些寒意。安秋走出地铁站，加快了步伐，寒意驱使她赶快回家。

安秋今天穿少了，她走了20分钟回到家，不仅没有暖和起来，反而觉得更加冷。这个时候，她多么渴望家里有他，可以为她端着热水，或者做好了晚饭，哪怕只有一个温暖的带着体温的拥抱也好。

安秋放了热水，先钻进浴室，她需要一个热水澡让自己的体温迅速恢复起来。让热水从她身体上抚摸时，她才感觉到暖和和随即而来的饥饿感。她想晚上吃什么呢？

安秋打开冰箱，看到除了鸡蛋和黄瓜以外，几乎没有可以吃的东西。于是她无奈地打开橱柜门拿出了卷面。她这一周已经过去的三天晚饭全都是吃的面条，里面无非是多卧一个鸡蛋或者加点黄瓜片。她知道，他也在另外一个半球努力工作赚钱并且省吃俭用，他俩都需要攒钱，为即将组建的家庭准备资金。

11点半了，蒙特利尔的阳光开始催促大地升温，夏祺脱去了外套，给自己倒了杯白水。早上空腹又喝了很多咖啡，让他今天很不在状态。上午连续两个季度营销数据分析会和产品分析会，让他心情非常不好。每况愈下的营销数据，虽然和他这个数据挖掘分析师没有太大关系,但是蒙特利尔已经20年不见起色的经济,让很多企业都在逐渐缩小规模,或者是搬迁去其他城市。如果低迷的经营表现一直持续,夏祺知道,公司首先要裁员的一定是他这样"可有可无"的职位。

他没有心思下楼去午餐,独自拿起手机,发愣了好一会儿,给她发去了信息。

"亲爱的,想念你,真希望你就在我身边,真希望早日团聚。"

11点半,北京的夜早早就安静了。安秋坐在床上,戴着耳机捧着书本默念着英语。雅思考试还有20天即将到来。她希望顺利达到分数线,可以在几个月后去往加拿大和他团聚。一阵阵困意袭来,她放下了书本,摘下耳机,给他发去了消息。

"胖子,我完成了今天要背诵的单词和范文,快表扬我吧,我要睡了,明天仍旧早起。晚安!"

蒙特利尔,下午4点。夏祺趁着咖啡时间,下楼走到了街对面的公园里,在一排长椅上坐下了。他将特意带来的花生米扔到不远处的树下,那儿只跟人处熟了的灰松鼠飞快地过来捧起花生就啃。夏祺疲劳地看着它们,似乎觉得有些许的安慰。他拿起手机想给目前已经下半夜的她发去一个消息,但是又忍住了。

北京的下半夜，安秋突然惊醒了。一场噩梦显然袭击了她。安秋想打开手机给他发去一条信息，却又不知道说啥。于是继续躺在床上睁大着眼睛。

清晨，北京的第一缕阳光洒在了天安门广场上，同时，国旗班的战士也将国旗升上了旗杆顶端。

安秋梳洗完毕出门，同时拿起手机给他发去清晨的第一个问候。新的一天又开始了。

夏祺正开着车，拥堵在7号公路上，他在后悔应该在公司附近吃点东西再回家。他听见手机响起，知道是她给他发来清晨的消息了。于是幸福地拿起手机……

五个月后。

安秋乘坐的飞机降落在蒙特利尔特鲁多机场。在到达大厅A出口，安秋与他紧紧地拥抱在一起。同样在特鲁多机场的到达大厅B出口，夏祺与她紧紧地拥抱在一起。

在他们分别上车的时候，夏祺看到了安秋，安秋也看到了夏祺。他们俩虽然互不相识，但是却微笑着相互点了一下头。

也许人生还会相逢，也许人生就是不相逢也有一样的过往呢？

风铃

刘国芳

兵回家探亲时,小琪抱着一个孩子来看他。兵屋里一屋子人,很热闹,小琪进来,把一屋子的热闹熄灭了。

旋即,众人离去。

一屋子只剩下兵和小琪,还有那个抱在小琪手里的孩子。

相对无言。

良久,小琪开口说话了,小琪说:"我对不起你。"

兵无言。

小琪说:"是我母亲逼我嫁给大狗的,他有钱,给了聘礼两万块,我不嫁,母亲跳了两次河。"

兵无言。

小琪说:"我是爱你的,一直爱你,我也知道你喜欢我,你还同意的话,我跟大狗离婚,跟你结婚。"

兵无言。

小琪见兵不说话，出去了。俄顷，小琪走了回来，她怀里除了抱着一个孩子外，还多了一个风铃。

小琪说："这风铃是你以前送我的，这两年我一直把它挂在门口。"

兵看见风铃，开口了："你现在来还我风铃，是吗？"

小琪摇头："我刚才说了，你还同意的话，我跟大狗离婚，跟你结婚。这事，你不要急于回答我，你考虑考虑，同意的话，把风铃挂在你门口，我看见了风铃，会来找你。"

小琪说着，放下风铃走了。

屋里剩下了兵自己。

兵呆着，许久许久。后来，兵拿着风铃，在手里晃动，于是有丁零丁零的声音在屋里响起。小琪住在隔壁，听到风铃声，她跑出来，抬头往兵门口看。

但小琪没看到兵门口挂着风铃。

小琪呆在自家门口，潸然泪下。

兵回部队时，也没把风铃挂在门口，而是把风铃带走了。回部队后，兵把风铃挂在营房门口。是大西北，风大，风铃整天在门口丁零丁零地响。兵没事时，

风铃

呆呆地看着,在心里说:"小琪,我把风铃挂在门口了,你看到了吗?"

军营里挂一个风铃,起先让兵们觉得好玩。久了,兵们烦了,觉得丁零丁零的声音很吵人,于是让兵拿下。兵拿下来,把风铃放好。但没事时,兵会把风铃拿出来,找一个无人的地方,坐下来,让风铃在胸前晃动,让风铃丁零丁零地响,还说:"小琪,我把风铃挂在我的心口了,你看到了吗?"

小琪看不到,兵把风铃挂在心口也罢,门口也罢,小琪都看不到。小琪只看得见他的家门口,那儿,没有风铃。

两年后兵退伍了,这回,小琪没来看兵。兵问村里人,说小琪呢,怎么不见了?村里人说小琪不怎么出来了,整天缩在家里。兵问出了什么事?村里人说小琪老公找了一个更年轻的女人,跟小琪离了。

兵沉默起来。

隔天,兵把风铃挂在门口。

小琪没来。

兵便看着风铃发呆,在心里说:"小琪,我把风铃挂在门口了,你看到了吗?"

有风吹来,风铃丁零丁零地响,兵听了,又在心里说:"小琪,风铃在响哩,你听到了吗?"

小琪听到了,也看到了,但她一动不动抱着孩子坐在屋里,没出来。

隔天,兵找上门去。

兵去之前,把风铃取了下来,然后放在胸前,同时用手晃动着,于是在风铃丁零的响声中,兵走进了小琪屋里。

小琪见了兵,头垂下,然后说:"我现在被人遗弃了,你还来做什么?"

兵说:"来告诉你,我不但把风铃挂在门口了,还挂在心上了。"

说着,兵又把手中的风铃晃动起来。抱在小琪怀里的孩子,四岁了,会说话,听见风铃响,孩子把一只手伸出来,说:"妈妈我要……"

拼车

刘浪

那一天,鲁适开着小车驰出老远,才想起路边那个头顶着包,冒着小雨,焦急地等着公交的女士是他一个小区的邻居。

他停下车,将车窗打开,用力地挥手。女士显然也认出了他,一路欢呼着小跑了过来。

坐上车,鲁适才知道这个在小区经常照面的邻居叫周姗,并且还知道她最近跳槽了,新公司就在路边不远的地方。

周姗说:"原来你也在这边上班啊,太好了,以后我就蹭你的车了。"

鲁适很爽快地答应了,还幽默地说:"男女搭配,开车不累。"其实,半个多小时的车程,在路上有个人说话也真是挺好的。

这以后,周姗每次都准时在小区的门口等鲁适。

而鲁适到了路边的那个公交站，见不到周姗也会停下车等上几分钟。临时有变化时，两人就会通个电话。

每次，下车前，周姗在关上车门的一刹那，都会抬起头，给鲁适一个灿烂的微笑，然后招招手，说："谢谢啦！"

就这样，一个多月过去了。

这天，周姗一上车就说："鲁适，总是蹭你的车，我也很不好意思。这样吧，我们拼车吧，每个月我给你三百元。"

其实鲁适也有同样的想法，现在油价不断上涨，多载一个人，还是多出不少费用的。但想是这样想，他说出来却是："不用啦，只是顺路而已。"

周姗说："别客气啦，拼车很流行的。我坐公交也是要花钱的，现在坐你的车已经方便很多了。"鲁适不再说什么了。

第二天正巧就是一号，周姗上车就说："拼车就从今天算起吧。"鲁适笑，"那好，恭敬不如从命哟。"

两个人说说笑笑，很快到了地方。下车后，周姗将车门关上的一刹那，在窗外招了招手，要说什么，却欲言又止。

鲁适开着车继续前行。他想：周姗刚才要说什么呢？想了一会，他明白了，周姗当时的表情和动作，本来是想说声"谢谢"的，可为什么她又没说出来呢？突然间，鲁适恍然大悟：今天不是开始拼车了吗，人家既然要给钱，为什么还要对你说"谢谢"呢？

虽然是这个道理，但鲁适却觉得有点别扭。

那以后，周姗还是准点坐他的车，两人还是谈笑风生。唯一不同的是，周姗再也没有说过一声"谢谢"。

这天，下雨了。鲁适到了路边没看到周姗，就打她电话。周姗说："雨太大，我没带伞，你到公司来接一下我吧。"

鲁适看了下天，雨并不是很大，犹豫了一下，他还是按照周姗说的路线，将车开了过去。周姗正在楼下等，在很多同事的目送下，周姗提着包，轻巧而熟练地钻进车。

鲁适以为周姗这回会说声"谢谢"了。哪知，周姗上车的第一句话竟是："哈，专车接送，这感觉挺好。"

转眼到了月底。这天，周姗一上车，便递过来三张老人头，"鲁适，这个月的拼车费给你。"

鲁适笑笑，其实他早就想好了。他把钱推了回来。

说:"还当真了,一个小区的邻居,顺路帮个忙,这么客气做什么?"

周姗有点惊讶,又把钱推了过来。鲁适执意不收,周姗只好作罢了。

到了地方,周姗下了车,关车门的一刹那,周姗抬起头,招招手说:"谢谢啦!"

这句久违的话,让鲁适觉得心里一下子舒服了好多。

周姗还是每天坐鲁适的车。在车上,两人还是谈笑风生。但鲁适和周姗都觉得车内流淌的空气里开始多了点什么,或者说是少了点什么。

终于,有一天,鲁适想好了一个理由,就说自己出长差吧。就在鲁适准备打电话给周姗时,周姗的电话却先打了过来。

"鲁适,我明天要出个长差,可能要一个多月时间,你就不要等我了。"

鲁适笑笑,说:"好的,那一路顺风啊!"

鲁适把上下班的时间调整了一下,以免撞上周姗。但几天后的一个雨天,他的车经过路边时,他却看见周姗顶着包,冒着小雨,在路边焦急地等着公交。

而周姗一定也看见鲁适了,但她没有说话,也没有招手,而是转过身,去追逐一辆开来的公交车。

鲁适听着音乐,开着车继续前行……

只要油锤

刘庆邦

这地方有一个员外,家里非常富有,房屋成片,骡马成群,土地上千顷,金银财宝无数。只是员外家人丁不够兴旺,员外膝下只有一个女儿,叫小玉,小玉长得异常漂亮,且聪慧灵透,深得父母欢心。

小玉长到十五六岁,生病了。小玉的病是一种叫不上名字的怪病,人日渐黄瘦,精神日渐恍惚。员外请了不少郎中,女儿把苦药水喝了不少,可病情不但不见好转,好像还越发重了。

见女儿垂泪,员外心疼坏了,无奈之际,只得写了一张招子,贴到大街上,这个办法类似现在的招标。招子上说,不管什么人,只要谁能把他女儿的病治好,他就把女儿许配给谁为妻。当然了,员外家里的东西也尽让未来的女婿随便挑。招子贴了三天,无人敢揭招。

只要油锤

话分两头。当地有一个穷汉,叫王海。王海田无一垄,一年四季靠上山打柴维持生计。

他的斧头砍在枯树上响得当当的,他家里穷得也当当的,王海这样的家境,找老婆是谈不上了,都到了而立之年,还是光棍一条,立不起来。王海听人说了,员外在街上贴了招子,他连看也不去看,他知道,自己手中的斧子只适合砍柴,不能治病,看了也是白看。

这天傍晚,王海在西山打柴累了,坐在一块石头旁休息。看着自己被夕阳拉长的孤单身影,他悲从心来,不禁黯然泪下。他连条擦泪的手巾都没有,只得把眼泪抹在身旁的石头上。那块石头与别的石头不同,它有些突出,顶部也滑溜溜的,像是一块界碑。

这时石头说话了,它要王海不必伤心,去把员外的招子揭下来就是了。

王海说揭招子容易,他不会治病怎么办。石头说,它自有道理。

石头告诉王海,员外家有一个后花园,园子里有一口浇花井,井里有一个老鳖,已活了上万年。成了精的老鳖看上了员外的女儿小玉,每晚夜深人静之时,老鳖精就会变成一个英俊小生,去和小玉幽会,和她百般温存。小玉夜间不能休息，又被老鳖精吸去了精髓，不生病才怪。石头要王海把井水淘去，捉住老鳖，斩下老鳖的头颅，在火鏊子上焙干，然后碾成粉末，给小玉用温开水冲服，保管她的病很快就好了。

石头对王海为何如此关照呢？原来这块石头在阳光雨露下修炼了千年万年，因得不到人间的鲜血点化，迟迟不能通灵。有一回，王海打柴伤了手，把流出的一滴鲜血抹在它身上，它才得以成精。大概是为了报答他，它才给王海出了这么好的主意。

王海按照石头的主意行事，果然在员外家后花园的浇花井里捉到了一只老鳖，它静卧在井底的稀泥里，王海用脚把井底踩遍，才把它踩到了。

这只老鳖奇大无比，两只小眼睛放着暗光。王海把老鳖抓在手里，它镇定自若，一点也不挣扎。

老鳖也会说话，它说该它倒霉，让王海只管拿它邀功领赏去吧。

可老鳖一会儿又叹了口气。说："可惜呀，可惜！"

王海问它有什么可惜的，它说，王海虽然可以娶小玉为妻，也可以享用员外家的家财，但小玉终究会老，万贯家财也有散尽的时候。

王海问那怎么办，老鳖说，它有一个办法，可让

只要油锤

王海世世代代永享荣华富贵。王海让老鳖说说看,老鳖欲言又止,说是不讲也罢,讲了王海也不一定去做。

王海说那不见得,老鳖就说它看王海是一个忠厚人,才把久藏心底的秘密说出来。

老鳖告诉王海,西山有一块像界碑一样的石头,石头肚子里有一颗硕大的宝珠,把宝珠取出来,往家里一放,要什么有什么,要美女来美女,要金子来金子,想坐江山,还可以要一件龙袍,所以,当王海把小玉的病治好后,他既不应该娶小玉为妻,也别要员外家的金银财宝和房产田地,员外家有一间放杂物的小屋,小屋里放有一把油锤,王海只提出要那把油锤就够了。那把油锤好比是打开宝库的钥匙,只有用它才能砸开那块石头,取出宝珠。

老鳖特别对王海嘱咐说:"那石头不会承认自己肚子里有宝珠,你千万不要听信石头的话,更不要心软,只管用油锤把石头砸烂就是了。"

王海把小玉的病治好后,员外没有食言,他把王海奉为上宾,并开始筹办女儿的婚事。

王海拒绝娶员外的女儿为妻,也不要员外家任何值钱的东西。员外大为不解,问他到底有什么要求。

王海说:"你们家不是有一把闲置不用的油锤吗,

把它送我就行了。至于我要油锤有什么用,你就不用管了。"

员外说:"这好办。"他立即命人把那把锈迹斑斑的铁疙瘩油锤取来,交与王海。他要王海别反悔,王海表示决不反悔。

员外毕竟是有阅历的人,他请来证人,与王海立下字据,好吃好喝招待了一顿,才送王海走了。

王海来到了那天傍晚坐着休息的地方,看到了那块像界碑一样的石头。石头见王海过来,正要向他道喜,见他手提一把油锤,未免吃惊。

王海对石头说:"对不起,我要把你肚子里的宝珠取出来。"

石头说:"你上当了,我肚子里哪有什么宝珠!"

王海不由石头分说,抡起大锤,向它拦腰砸去。大锤落处,石头霎时碎了一地。王海急切地低头细瞅,碎石中哪有什么宝珠,只有一滴溅开的鲜血而已。

王海想想,明白了是怎么回事,可后悔已经晚了……

早晚复相逢

刘正权

只一眼,那些白色的油纸伞就把吴东旭的目光钉在了店铺前。尽管价格不菲,吴东旭还是毫不犹豫指着其中一把说:"就是它了!"

莫愁村虽然号称湖北的小丽江,却不是艳遇者的福地,顶多是吃货的天堂。油纸伞,这种江南水乡风情的物件,出现在莫愁村已经是很突兀了。

老爷子在轮椅上的这种举动则不是突兀,是唐突。

所幸唐突并非就是荒唐,吴小婉这个庆幸念头刚浮现,吴东旭已经很荒唐地说了一句:"这把油纸伞,可以带我相逢故人的。"爷爷这么古板的人,竟然要玩一把穿越,莫非他还有一段青葱的往事?吴小婉推着轮椅的脚步停下。

往事并不青葱。吴东旭从口袋里摸出一个破旧的钱包,里面有张勉强能看出底色的黑白照片。

上面三个人，一左一右两个年轻人，头顶是一把油纸伞，白色的，由一个年纪大的人在中间撑着。伞面上有字，如果有放大镜的话，能看得清的。吴东旭嘴唇翕动着。

到莫愁村，吴小婉还真的就带着放大镜，她搞艺术篆刻，听说这里的砖瓦都是民间收买的旧物，没准有点意外收获。收获有，确实意外，油纸伞上的"早晚复相逢"五个字竟有几分吴东旭的神韵。

早晚复相逢！四十年了，吴东旭抚摸着相片上那个女孩的脸，眼神里有了几许黯然。黯然的只是他的眸子，年少轻狂的往事却越发清晰。

杭州西湖，四十年前，吴东旭参加一个书法颁奖大会，他是第一名，跟一个女孩并列第一。

颁奖宴上，女孩相邀说："吴酒一杯春竹叶，吴娃双舞醉芙蓉。眼下芙蓉开得正盛，要不要潭畔合影留念？"

求之不得，吴东旭满口应允。在那个男女大防的年月，女孩邀男孩合影意味着恋爱关系的建立。

却没建立起来，源于出发前与吴东旭同寝的二等奖得主一句话："芙蓉可以看，高压线别碰。"

高压线，军婚的代名词。言下之意，那个女孩名花有主了,二等奖得主跟女孩同是江南人,彼此知根知底。知道了女孩的根底,吴东旭看芙蓉时,就真正沉醉在芙蓉花中无法自拔了。

见吴东旭如此沉醉,女孩忽然嗔怪说:"都说今人胜古人,我看未必。记得《潭畔芙蓉》这首诗吗?"

吴东旭信口吟哦出来:"芙蓉花发满江红,尽道芙蓉胜妾容。昨日妾从堤上过,如何人不看芙蓉。"

是啊,如何人不看芙蓉?女孩眼里盛开一朵又一朵芙蓉,幽怨的眼神高压电一般击中吴旭东。

"与君同舟渡,达岸各自归!"吴东旭冲不远处招揽拍照的商户招手,要来笔墨,把女孩的白色油纸伞撑开,沉吟再三,写下"早晚复相逢"五个大字,然后将老板夹在中间,留下那张黑白照。

"早晚复相逢。"多么惆怅的一句托词,合影结束,女孩刚把油纸伞小心翼翼收好,雨就那一瞬间,扯天扯地坠落下来,满江红的芙蓉花顿时一片零落。

当晚,女孩病了。女孩那一病,成了吴东旭一生的疼。事后吴东旭才知道,军婚纯粹子虚乌有,那个二等奖得主担心女孩被人捷足先登,编造了这么个谎言。

白色的油纸伞被店铺的老板娘取下来,送到吴东旭手上，吴小婉撑开，忍不住叫了起来："爷爷，上面有你的字呢。"吴东旭年轻时的字："早晚复相逢。"整个店铺的油纸伞上，都写有这五个字。吴东旭颤抖着嘴唇从吴小婉的手中抢过那把伞，看落款，果然是"芙蓉"，女孩的名字。她居然把吴东旭的字临摹得可以乱真了。

当然可以乱真，这是吴小婉在吴东旭出院前提供照片上字迹给店铺老板，连夜赶制的一批油纸伞，为的就是吴东旭黄泉路上能够瞑目。医生说了，吴东旭的病，药石已经无力回天。

面对油纸伞上的"芙蓉"二字，吴东旭的眼前，真的就"芙蓉花发满江红"了，一朵一朵盛发在脸颊上，眼帘中，有回光绽放。

麦垛

芦芙荭

收完麦子,麦草便垛在了场院外的空地里。

新打的麦草,散发着淡淡的清香,一缕一缕的,沁人心脾。

傍晚的时候,男人就喜欢一个人静静地躺在麦草垛上。凉风拂面而过,那野虫鸣叫声就在耳边。有时候,男人还能感觉到,那虫子就在他的身上蹦来跳去的呢。

偶尔,也会突然传来一阵机器的咣当声,打破这片宁静。男人的心就会受到感染,也跟着咣当咣当几下。

男人住的这片郊区,地越来越少了,一片一片的地都变成了厂房。男人家的地偏远点,总算没受到影响。村子里的人,现在都不愿意种地了,他们宁肯把地空在那儿,天天等着人来开发,也不愿意拿锄下地。他们甚至连菜也不愿意自己种。现在买菜买粮太方便了。

男人却喜欢种地，不图别的，只要掮着锄头站在庄稼地里，站在庄稼中间，他的心就特别地踏实。特别是在有月亮的夜晚，躺在新麦草上听着野虫的鸣叫，比躺在炕头搂着老婆都美。

晚上，男人又躺在麦垛上，不知不觉就睡着了。等他醒来，四周已是一片寂静。这时，他突然听见麦垛的另一头传来了一阵窸窸窣窣的声音，男人吓了一跳。待他准备起身去看时，便有说话声传来。

是个女子。声音柔柔的，软软的。

女子说，咱走吧。

让我再抱一下下吧。

是个男子的声音。也软软的。

女子说，再不走，回厂子就进不了门了。

男子说，进不去，我宁愿翻院墙。

然后，就没了说话声。却传来了男子和女子的喘息声。

听两人的声音，不是本地口音。男人想，这两人一定是村子里才建起的工厂里的工人。

村子里的地越来越少了，工厂却是越来越多了，村子里一下子就来了许多外地来的年轻人，他们穿着工装，在村子里出出进进。那一阵，在男人的眼里，那些人就是抢占别人窝的鸟一样，他从心底里恨死了他们。

过了好一会儿，男子的话又传了过来，这一次，男子显得很兴奋。

男子说，要是你怀上了，我们就给孩子取个名字叫麦子吧。

女子说，难听死了。

停了一会，女子说，等我们挣下钱了，就在那最高的楼上买一套房子，抬头就能看见月亮，我就给孩子取名叫月儿。

男子和女子就咯咯地笑了起来。

男人就看见一男一女从麦草垛那边走了过来。

男子很年轻。女子也很年轻。他们手挽着手向前面的大道上走去。有一刻，他们都停了下来，月光下，他们相互捡拾着彼此身上的麦草屑。

男子说，这新麦草闻起来真香呢，就跟你身上的味道一个样。

女子拍了男人一巴掌，去你的！

男子说，下个周休息日，我们还来这里吧。

女子说,我听腊梅说,人家主人很快就要将这麦草卖了呢。

男子叹一口气。女子也叹了一口气。

男人看着那一男一女远去的身影,不知怎的,心里突然一酸。

过了两天,果然造纸厂的人就来了。他们开个车来拉男人家的麦草。

男人就拦在了造纸厂的车前,说什么也不让人家装车。

那人说,老兄呀,不是说好了让今天来拉吗?我们可是交了定金的。

男人说,不卖了。交定金也不卖了。

那人问,为什么呀?你年年都急着要把麦草卖给我们,怎么现在不买了?再说了,这麦草放在这儿不是浪费吗?

男人说,不卖就不卖,没有为什么。

然后,他就在麦草垛上躺下来,眯起眼晒起了太阳。

替仇人捐一次款

吕啸天

丰城凤凰山上仁济寺准备给供奉在大雄宝殿的两尊佛像重塑金身,住持源济大师派众弟子下山化缘,募捐重塑佛像的资费。

这一天,弟子了尘下山后回到寺里,向师父禀报一件怪事:"凤凰山下大北村族长欧万长代表族人捐出了三十两银子,但是却许了一个恶毒的愿,就是希望佛像重塑金身后让佛祖显灵,让上西村族长容正行得暴病早早死去。弟子把银两还给了他。回寺请师父定夺,这事该如何处置是好?"

凤凰山下是客家人世代繁衍生息的地区,有良田千亩,百年前遭遇过一场五十年一遇的大旱。欧、容两姓族人因为争农田用水发生械斗,两村互有死伤。从此之后,大北村的欧姓族人与上西村的容姓族人成为世仇,水火不容,一有摩擦就大打出手,需要乡约,甚至县衙的人出面调停。白驹过隙沧海桑田，一百多年转眼就过去了，时间淡化了许多恩怨情仇。但是欧、容两姓族人依然老死不相往来。不过年轻一代对于爱情的向往和追求胜过了族规的束缚和畏惧。欧、容两姓族有三对青年男女相爱了，并且私订终身。欧万长气得暴跳如雷，对村里的三个青年男女施压：若是敢与卜西村容氏通婚，将按族规严办，轻则永不准入祠堂，重则浸猪笼处死。三对青年男女权衡利弊后竟然私奔了。欧万长就把怒火发泄到容正行身上。

"无因无果，无恩无仇。世间万物，往复循环。"住持源济大师微笑着对了尘道，"你放心再下山去接收捐款，但是你要对欧万长言明，若要许愿灵验，得把捐款人的名字写成容正行。"

了尘听了变了脸色，对住持源济大师道："师父，您这样做会不会害了容族长？"

"你无须多虑，老衲自有应对之法。"源济大师让了尘照办。

了尘向欧万长转达了住持源济大师的说法后，欧万长一口答应了。他想：只花三十两银子就能把仇人除掉太值了。

仁济寺收到了欧万长的捐款后，住持源济大师写了一封感谢信和十个祥符让了尘下山送到了上西村族长容正行的手上。容正行感到惊讶万分：竟然有人代他向寺庙捐款？他派族人四处打听到底是何人所为？

几天之后，容正行打探到消息，得知是欧万长替他捐的款，内心翻江倒海：欧、容两姓族人因为百年前的一场械斗结下世仇，害苦了两村人。曾经他也有过与欧氏冰释前嫌化解恩怨的想法，特别是看到三对相爱的青年男女被迫远走他乡后，他更是想让两姓族人能早日握手言和。但是，因为欧万长一直在步步紧逼，所以他只好把想法藏在心底。这一次欧万长竟然代替他捐款，而且捐款的数目不小，可见对方有和好的诚意。

当下，容正行让人打扫祠堂，一边派族人下帖请欧万长来吃席，一边在村里按客家人接待贵宾的宴席标准，做二十四道菜。

欧万长接到邀请很惊奇，但他还是一口回绝。

"我亲自去请。"容正行道。

"你是一族之长，怎能屈尊？"族里几个人拦住了他。

"化解前嫌，总是要有人肯屈尊才行。"容正行于是来到了欧万长的家门口，恭请他前去赴宴共商和好事宜。

欧万长起初还不肯去。容正行就一直站在门口等他。半个时辰后,在门口看热闹的村民也觉得过意不去,于是一拥而入劝说欧族长答应去赴宴。

欧万长这才来到门口,百感交集叫了一声:"老哥,你这是何苦呢?"话音未落,眼泪夺眶而出。

容正行拉着欧万长的手却道:"老哥得走快点,迟了前面上的十道菜怕就凉了。"说着眼里也浊泪纵流。

过了十天,有三对青年男女来到仁济寺进香,每对青年男女捐出十两银子给佛像重塑金身。他们正是之前私奔的欧、容两姓族人。是欧万长和容正行同时派人把他们找回来,并在祠堂里为他们补办了婚宴。

住持源济大师征得三对新人的同意后,把这一次捐款人的名字写成了大北村族长欧万长。源济大师再写了一封感谢信和十个祥符让了尘下山送到了欧万长手上,以示答谢。

欧万长读完了信,又一次落泪道:"源济大师,真是用心良苦啊。"

风雪中的那双手

骆驼

一股冷风,从半开着的门缝里鱼贯而入。我不禁打了一个寒噤。

但此时我顾不上那么多了,心中的怒气,将我推出门外,重重的关门声,发泄了我心底的一些不满。

我与妻吵架了。傍晚漫天飞舞的雪花,像极了我此时的心境。

其实事情并不大,但妻老是不依不饶,继而扩大声势。我必须避其锋芒,来到这雪花飞舞的世界。我决定找一处小酒馆,但雪花如絮,宽阔的大街上,此时像老家小镇上夜晚的小街,少有行人。

我只得在空寂的大街上,漫无目标地前行。

我与妻结婚,很多年了,我们之间很难得为一些小事争吵。一场地震,再次磨软了我们的心。地震后,我与妻的脾气,却明显不如以前好了,今天就为了一件比芝麻还小的小事，我们居然争吵得不可开交。我一直想息事宁人，但妻子那边火气正旺，有增无减，摔门而出是我唯一的选择。

大街上偶尔开过一辆小车，在昏黄的街灯下，开车人仿佛也遇到了什么不快，速度是那么缓慢而拖沓。

雪花更密了，夜色凝重，街灯的亮度在雪境里，显得那么乏力、无助。

我就是在这样的环境下，看见朝我这边来的那辆人力货运三轮车的。

骑车的是一个男子，因为雪大，他穿得也厚，我看不清他的脸，但坐在他身后的女人，我看得真切。那件红花棉袄，在雪夜的街灯下，是那么的耀眼。

也许是路面太滑，或许是车子太重，我看见男人的整个身体，几乎伏在了车把上，他身体前倾，脚下的轮子，缓慢地转动。前面是一段小上坡，男人绕着S形，吃力地前行。

我突然发现，男人的两只耳朵上，各多出了一只手来。那手将男人的耳朵，严实地包裹了。显然，那是车后女人的那双手。车子从我身边缓慢走过时，我看见男人耳朵上的那手，还在慢慢地来回摩挲。

我的心一下子热起来了，涌起了一种莫名的感动。

风雪中的那双手

我不由自主地跟了上去。

小上坡陡了一些，车子行进的速度也明显慢了下来。男人的腰更弯了，他嘴里哈出的气息，在面前形成了一个白色的柱子，若隐若现。女人努力将自己的身体靠上去，那两只手，牢牢捂在男人的耳朵上。我看见女人的后腰，暴露在茫茫雪野中，但女人的双手，没有抽出来拉一拉自己的衣服，依旧死死地捂在男人的耳朵上……

小上坡过去，就是一段平整的路面。男人与女人，在这雪野中，成了一道美妙的风景。

我就这样一直跟着，不知走了多远。

我感觉自己完全融入了这夜色，融入了这不可多得的画面。

男人终于将车，停靠在路边。离他不远处，是一片平房。

我知道，这是地震后修建的过渡板房，许多受灾的民众，都安排在这里。男人将车停好，将女人从车上扶下来。他从车上拿下一根拐杖，递到女人的腋下。我这才看清，女人只有一条完整的腿！另外一条，从膝盖以下，就没有了。也许是路滑，女人晃了一下，险些跌倒，男人忙伸出他的右手，抓住了女人，女人的双手，迅即抓住了男人。就在那一瞬间，我的心降到了冰点！男人，只有一只手！左边那空空的袖管，在女人抓住的那一瞬间，飘了起来！我感觉自己快要窒息了！

我看见男人扶着女人，将女人的一只手，夹在了自己的腋下。女人依偎着男人，慢慢朝板房走去。

我仰面朝天，雪下得更加密了。

我就这样仰着头，一任雪花飘落在我的脸上。

良久，我转过身，加快脚步，朝家的方向走去。我必须在最短的时间内赶回家，将我看见的一切，说给妻子听！

我想，等我讲完看到的这些后，风雪，早就停下了。

绝活

马宝山

小镇里有不少是手艺人，手艺人靠的是手里有绝活儿。有绝活儿的吃香喝辣的，做人也鲜亮有派头儿。

苏门耀是个手里有绝活儿的人，苏门耀做豆腐，卖豆腐。苏门耀做豆腐他要自己选料，自己淘洗，自己碾磨，最后还要自己点卤水。他一手做出来的豆腐鲜、香、嫩、爽口，多少年了就没有人在小镇上开第二家豆腐坊。苏门耀的绝活还不在这上头，最绝的是一刀准。有人买他豆腐，人家买的斤数一出口，他一刀子就切下一块，一边报数一边往秤盘上放，提起秤杆，秤杆那头微微一翘，秤盘里的豆腐就滑进买主的盆里，买主高高兴兴地走了。

苏门耀卖的豆腐刀刀准，一次都不会有差错的，可是他每一次都要过秤，为什么？就是让买主心里踏实。苏门耀就靠这个绝技在小镇里活得鲜亮着哪。

小镇里还有一个叫窦辰亮的人，他卖枣糕，靠的也是刀上的功夫。窦辰亮卖枣糕也是一刀准，不同的是窦辰亮卖出的枣糕一概不过秤，谁买多少，窦辰亮一刀下去，然后用荷叶一包扔进买主的篮子走人，谁嫌他卖的枣糕斤两不足，自己找杆秤过去。错了回来，缺一补十，小镇人没有一个来找后账的。

鸟比鸣，花比艳，人就喜欢比个高低。卖豆腐的苏一刀和卖枣糕的窦一刀就在暗中较劲许多年，总想着压对方一头。俩人也在镇街上常见面，见面话里常常夹枪带棒。

"哟，苏师傅啊，您的豆腐真白啊，刀怎么就这样黑哪？"窦辰亮不怀好意嘻嘻笑着说。

苏门耀也嘻嘻笑着反唇相讥："我的豆腐是白的，刀是黑的，黑白分明，可是不知道窦师傅的枣糕让人吃了是甜掉牙呢，还是酸掉牙呢？"

一天，苏一刀和窦一刀撞在一条小巷里。小巷很窄，只能容一辆小车过去。他们中必须有一人退出小巷，不然就堵在巷里谁也甭想走出去。

窦一刀把枣糕车停在小巷里，从腰间摸出烟袋，坐在车帮子上抽开烟了。苏一刀一见这个架势就知道，这是窦辰亮叫板了，他也把车停下来，高声叫卖：豆腐，卖豆腐……

这正是晌午时分，小巷里人来人往，人们一看这架势，这两个人要"斗鸡"。小镇人爱看热闹，渐渐就聚拢起一群人来。

窦一刀一连抽了三袋烟，看了一眼吆喝叫卖豆腐的苏一刀，收起烟袋，拿起切刀闭住眼睛，"啪啪"几刀，切出五块枣糕，然后用切刀扒拉一块：这块八两，这块一斤一两，这块一斤九两……谁买拿去，信不着的，那边老苏豆腐车上有秤，过一过，秤杆挑不起头来，就算我的错，您把这车连同车上面的枣糕一起拉回您家去。

就有人买窦一刀的枣糕，拎了就走，偏一位还买了窦师傅的枣糕走到苏一刀的豆腐车边上去想过一过秤，却见苏门耀收起家什推起豆腐车一步一步退出小巷。窦辰亮笑了，也收起家什，一步一步向前推着小车走，高叫：枣糕，枣糕，买枣糕……声音异常地高昂嘹亮。

十年过去了，苏门耀头发白了。窦辰亮也是一头灰白。那年元宵节，小镇组织舞龙赛会，引来四乡八村看热闹的人，小镇主街上人头攒动。不知道是有意还是无意，这天苏门耀的豆腐车和窦辰亮的枣糕车间隔三米排列在一起。那时候舞龙还没有开始,两个"一刀"就表演开了。

先是窦一刀,他用一条毛巾蒙住眼睛,举起刀,啪啪几刀,一连切出十块枣糕,每一块不多不少,都是一斤,眨眼之间都被人们买走。窦一刀再蒙住眼睛,又举起刀,啪啪几刀,还是切出十块枣糕,每一块不多不少,都是一斤半,又眨眼之间被买走。窦一刀再一次蒙住眼睛,高高地举起切刀……

这时,旁边的苏门耀也开始了,他慢慢掀开麻布,一板雪白的豆腐展现在众人面前,苏一刀把豆腐的四角切开,板上留下四四方方的一大块豆腐,他在这四方大块豆腐上横切三刀,又竖切三刀,一大块豆腐被均匀地切割成十六块小豆腐。每一块不多不少,都是一斤半。人们不禁叫绝。在人们叫绝声中,苏门耀说话了:

"窦师傅,腾出地方了没有,兄弟送您一板鲜豆腐。"说着,苏一刀用切刀轻轻铲起一小块豆腐,抛向窦辰亮三米外的枣糕车上,一块,两块,三块……

苏一刀的豆腐一块一块在空中飞如羽,落在板上轻如絮,一块不散,一块不破,十六块豆腐整整齐齐,方方正正地码在窦辰亮空出来的枣糕板子上。

围观者,掌声如潮,大赞:绝活儿,真正的绝活儿啊!

多少年后,苏门耀、窦辰亮都老了,两个人一同遛街,晒太阳,却很少说起当年他们较劲的事情。

一天,窦辰亮的孙子忽然跑来喊:"苏爷爷,我爷爷不行了,他请您过去一趟……"

苏门耀拎起拐棍就往窦家走,一进门只见窦辰亮躺在炕上,一口一口艰难地喘气。他看见苏门耀就伸出手。苏门耀上前抓住窦一刀的手:"窦师傅,有啥话要说,您就开口,咱们老兄弟千万不要客气呀。"

窦辰亮一字一字往外吐:"苏师傅啊,您、您那个绝活是怎么练出来的?有师傅教您吗?那可是小镇千古一绝呀!"

苏门耀趴在窦辰亮的耳朵边,轻轻说:"您忘了吗?那是被您逼出来的呀,要说有师傅,那就是您,窦师傅啊。"

窦辰亮听了张了张口,想说什么,却没有说出口就咽气了。

苏门耀说的不是客气话,也不是安慰人的话,更不是气人的话,他说的是真话。凡是世上的绝活儿,没一个是学来的,学来的就不叫绝活儿。自己苦思冥想,硬琢磨,逼出来的那才是绝活儿呢。

赶考

麦浪闻莺

天顺七年(1463)二月末的下午,当彭教风尘仆仆地赶到北京城的时候,这天距大明王朝三年一度的春闱之期,已整整过了五天的时间了。

早春的京都,北风嘶吼,大雪纷飞,天地早已混然成白茫茫的一片,哪里还分得清哪儿是高高的大前门,哪儿是威严肃穆的紫禁城?仆人彭伯就擦着浑浊的老眼,满怀愧疚地说:少爷啊,尽管我们一路晓行夜宿,快走紧赶的,可还是耽误了你的春闱之期呀。唉,说起来,这都怪我啊!

彭伯,快别这么说!彭教掸了掸棉袍上的雪花,一脸笑意。误了就误了呗,不是还有三年后的春闱吗?走吧,我们找江西会馆去,先安顿下来再说……

其实,无论是照路程计,还是按时间算,彭教本不会误了这次春闱的。只是他在赴京赶考的路上，从衡水返回了青山镇一趟，才多耽误了半个月的时间——

彭教是江西吉水人，字敷五，号东泷，生于明英宗正统三年。他自幼聪颖出众，四五岁时便开始习字绘画，七八岁时就能口占诗词，二十四岁时便以乡试第一的成绩高中举人，被誉为吉水的第一才俊。眼看春闱大比之期将至，彭教就在去年的十月初收拾好书籍衣物，携家人彭伯从吉水老家启程，一路步行北上进京赶考。

因家境贫寒，所带盘缠不多，彭教他们主仆二人一路上不是借宿在农家，就是寄居在山庙里。只有在过个三五天后，彭伯才迫不得已地掏出十几枚铜钱，找一家简陋的小客栈住下，以便少爷能好好地洗漱一回。这种拮据而艰辛的旅程，彭教不以为苦，反以为乐。古人不是说要读万卷书行万里路吗？他就趁这次北上春闱之机，遍游沿路的滕王阁黄鹤楼云台山这些名胜大川，好不惬意快哉。待走到河北衡水时，眼见京师在望，彭伯就慷慨地选了家稍大点儿的客栈，并破天荒地点了一盘生爆牛肉，外加半斤衡水老白干，说是要好好地慰劳一下日渐消瘦的少爷。

彭教掩嘴窃笑，说彭伯啊，您今天是怎么了，咋就这么大方，不再让我吃红薯加稀饭呢？

嗨，哪是哟！彭伯顿时两眼放光，抖索着手从怀里掏出了一只闪亮的金钏，凑过头来压低声音说：少爷你看，咱不是有这个吗？！

嘀！彭教问：您哪儿来的？

少爷，你可记得七天前，我们在青山镇四海春客栈，夜宿过一晚？彭伯压低嗓门说：第二天早晨起床后，我站在店门前等你出来，哪知楼上突然就泼下一盆水，竟淋了我一头！待我正准备发火数落楼上那位年轻女子时，忽然看见地上的水渍处，有一只金钏，就悄悄地捡起来。这不，路上一直都没舍得用哩。

彭伯，那天怎么没见您说呢？彭教腾地站起来，埋怨道：我看，您得赶快将这只金钏送回去！

送回去？彭伯瞪大了眼睛。凭啥？再说，又不是我偷来的。

把金钏送回去吧。彭教冷了脸，现在就走！

啊不，少爷！彭伯慌了，赶紧拦住彭教说：如果这样来回赶的话，肯定会耽误你的考期的！毕竟，十年寒窗不易啊……

彭伯，我想这只金钏呢，必定是一位姑娘的心爱饰物。彭教严肃起来。如果姑娘的父母不见了这只金钏，就会紧紧追问这位姑娘的；如果这位姑娘说不清金钏哪儿去了，她父母就会苦苦逼问她的；如果姑娘的父母逼问得太急，姑娘又交不出金钏，说不定就会闹出人命的！您说，是人命事大，还是我考试的事大？

少爷，你这是何苦呢？彭伯说，算我求你了，行吗？

彭教说，修合无人见，存心有天知啊！就朝外走。

事情果真如彭教所料想的那样。返回青山镇四海春客栈时，那位丢失金钏姑娘的父母，以为女儿将金钏私赠与人定了终身，而他们早已将姑娘许配了别的人家，正逼问那姑娘呢。那姑娘既说不清，也道不明，只好整日以泪洗面，哭闹着要上吊自杀。姑娘的父母见彭教他们主仆二人送回了金钏，才算作罢。

这样，等彭教从青山镇经衡水再到北京时，春闱之期早过啦。

补记：据《英宗实录》载，天顺七年二月会试，闱中失火，焚举子九十余人矣。彭教因归金钏故，幸免于难。帝怜众举子难，特颁旨赐进士身，谕祭于郊。礼部尚书姚夔伏地痛哭，哀动百里。是年八月补试，彭教第二。翌年廷试，彭教终夺魁。

织补人

聂鑫森

当下的城里人，还有穿打补丁衣服的吗？没有！生活普遍富足，衣食无忧，衣服稍旧、款式稍过时，就会毫不犹豫地扔了。但也有舍不得扔的，比如高档的毛料西装、手工刺绣的旗袍，还有具有某种纪念意义、上了年岁的衫、裙、裤、褂，或被烟头烧了个洞，或不小心被锐物挂出裂痕，或出现几个虫眼，就得去找织补人修破如新或修旧如旧。

织补人不需要开店设铺，不过是摆一个小摊，或在百货商场内外的大门旁，或在人来人往的街道、广场边。在旧时代，这个行当叫"缝穷"，干此营生的是穷人家的中老年妇女，为那些没有家眷的老少光棍缝补破衣烂裤，也就是打补丁，赚一点可怜钱。而现在的织补人，小洞细眼，是用与原衣物同色同型号的线织上去，不留任何痕迹；破损处大的，要用同色同型号的布料,剪出适当的面块嵌入,再在接缝处合经合纬地织补,一如原物。这个手艺了不得,有如字画的修补。

在株洲百货商场大门内侧的右边,就有这么一位织补人甄法嘉。他不是女性而是男人,他不是中老年而是个未成家的小伙子!小平头,瘦高个,眉淡目俊,十指细长柔软。他是服饰中专技校的毕业生,完全可以到大型服装生产企业去任职,却偏偏选择了当自由的织补人。他的父母是乡下的裁缝,甄法嘉自小就喜欢穿针引线,像个女孩子。

父亲问他:"你怎么喜欢当织补人?"

他说:"学校有这门课,我学得很用心。"

父亲又问:"碰了老同学你不难堪吗?"

他一笑:"凭手艺吃饭,不丢人!"

甄法嘉的行头很简单,一条小板凳,一个手提工具包(里面放着针、线、布块、木绷子)、一个可叠折的纸板广告牌。广告牌顶上端写着"织补人甄法嘉",两边各写一句话,右边是"织补小漏洞",左边是"不留大遗憾";中间是根据布料纹理所定的价目表,每织补一处,平纹三十元,斜纹四十元,反纹五十五元,特殊布料和工艺的另议,并承诺凡他经手织补的地方，一年内保证不破。

一眨眼，他当织补人三年了。手艺好，待人有礼，收费公道，生意一直不错。除租房、日常开支之外，每月还略有盈余。顾客送来活计，有当面等着他完工的，也有隔些日子再来取的。还有不是顾客的，但对一个小伙子用木绷子绷在破损处，操持针线织补，很好奇，便蹲在旁边看，不时地提出一些问题，他一边干活，一边答话，满面春风。

甄法嘉发现有一个蓄短发的中年大姐，隔三差五总要在他摊子前待一阵。

于是，甄法嘉忍不住问："大姐，你贵姓？"

"不敢，我姓刘。没打扰你的工作吧？"

"没有。欢迎你提意见。"

"我想问，缂丝之类织品，你可以织补吗？"

"应该可以。"

"做好的旗袍，再在上面绣出图案的，有了破洞怎么织补？"

"先用原色布料织补好破洞，再在上面依原样补绣图案。"

"你还会绣花？"

"见笑。手艺还过得去。"

刘大姐点点头,说:"我祖母留下一件从未穿过的苏绣旗袍,可惜被虫蛀了十几个小洞,我明日送来,请你织补。祖母虽然过世了,但我要留个念想。"

"谢谢刘大姐照顾我的生意!"……

这件旗袍用料是杭州产的紫缎,绣的是淡雅的白玉兰花。刘大姐送来后,当场付下工钱二千元,约定五天后来取。甄法嘉不肯预收工钱,说:"按我的常例,一律是顾客取货、验货认为满意了再付款,刘大姐也不例外。"

第五天,刘大姐没来取织补好的旗袍。

又过了五天,刘大姐仍未见踪影。

甄法嘉的父亲忽然从乡下打手机来说:"法嘉,你娘病了,她很想念你,快回来吧!"

"爹,我理应回来。但有个顾客约好了来取货,却没来。我要等她,怕她找不到我着急,我不能失信于人。"

又过了十天,刘大姐来了。

刘大姐把旗袍认认真真看了几遍,脸上浮满赞赏的笑意,说:"你叫甄法嘉,谐音是'针法佳',名不虚传。"说完,赶忙付工钱,还特意多付了一百元作奖励。

甄法嘉执意退回一百元,说:"谢谢你。但我决不能多收一分钱!"

刘大姐说:"你很实在。"接着她拿出她的工做证,让甄法嘉看了后,说:"我是古代纺织品博物馆的,馆里有不少古代的衣、帽、袍、褂、帷、帘,有的破损了。这些日子我考察你的手艺不错,人品也不错,想请你到敝馆去织补,时间会很长。如果你同意,现在就去。"

"刘馆长未能按时来取旗袍,我想也是你考察的内容之一。"

刘馆长脸一热,不好怎么回答。

"刘馆长,十五天前,我就要回乡下去探看患病的娘,因为要守约等你,我没走。现在,我的头等大事,是赶快回去陪娘,侍奉汤药。"

刘馆长一愣,说:"对不起,耽误了你回去探看母亲,请你原谅!"

甄法嘉淡然一笑,说:"刘馆长,你客气了。"

"小甄,你放心去吧,待多少日子都不要紧。我和我的同事,在馆里等着你!"

……

好多日子过去了,甄法嘉没有来博物馆报到,也再没在百货商场设摊。

听说,他到另外一个城市当织补人去了。

挥手

欧阳明

吃完药,老刘就转动轮椅,艰难地向阳台移去。

外面阳光很好。老刘的心情也很好,不等气喘均匀,就抬头朝对面顶楼的阳台望去。阳台什么也没有,老刘一看表,还差十分钟。

老家伙,耐性是比我好啊,不到时间就不出来。老刘想。

老家伙是老李。老李和老刘同庚,他们同一学校毕业,同一天到同一单位报到,同一天结婚,也同一天退休。不同的是,老刘住的 A 幢底楼,老李住的是对面 B 幢顶楼。二人关系一直很好。为什么好,局外人说不清楚,都认为是有同样的爱好。

老刘和老李共同的爱好是下象棋。两人对弈了几十年,都难分伯仲。退休后,闲来无事,二人天天下棋,不是老刘往 B 幢的顶楼爬,就是老李往 A 幢的底楼跑。几年前,他们的老伴儿都去世了,儿女们为了生计,天天早出晚归。棋,让两位老人干瘪的日子像成熟的稻谷一样饱满起来。

棋上分不出输赢,只有看谁先去见阎王了。老刘说。

谁先去谁就算输!老李哈哈大笑。

又过了几年,老刘和老李腿脚都不利索了,身体都放进了轮椅。老刘再也无法爬上顶楼,老李再也无法下到底楼。

电话里下棋,每天上午十点,我给你打电话。老刘说。

十点一到,老李的电话就会叮铃铃响起来。他们一边说棋,一边嘘寒问暖。还经常相互戏谑说,阎王在等你。每次挂电话时,又相互叮咛,能吃就吃,啥事都别往心里去啊!

有一天,老刘按时拨通了电话,那边接了,却不说一个字。反复拨,还是一样。老刘忐忑不安,晚上打电话问老李的儿子,你爸怎么啦?接了电话又不说话。

哑了。

哑了?!

今天早晨起来，突然就说不出话了。

耳朵没聋吧？把话筒给他，我要跟他说话！

怎么哑了呢？不说话，不怕闷死我呀？这样吧，时间不变，我给你打过来，听见我说话，你就拍桌子。老刘对老李说。

次日，老刘准时打过去电话。话筒里就传来了啪啪的响声。

老家伙，力气不小啊！看来除了说不出话，其他零件还正常嘛。老刘说。

啪！啪！啪！又是一阵响声。

我怕你闷死。老刘又说。

啪！啪！啪！啪！响声更大了。

这种交流，虽不及斗嘴畅快，却让他们相互知道存在，心里踏实。

不料有一天，老李竟然不接电话了。不停地拨，都不接，老刘急得慌，心里突然不安。

好不容易熬到了晚上，老刘打电话问老李的儿子，你爸在家吧？

在啊。

在，怎么不接电话？

哦，聋了，昨天晚上，耳朵突然就听不见了。

挥手

老刘的心咯噔一下,像落进了冰窖。急忙写了张纸条,叫儿子给老李送去。

纸条上说:每天十点,到阳台上挥手,谁不来,谁就是王八蛋!

十点终于到了,老李的头也终于冒出了阳台。

老刘慌忙举起右手,不停地摇晃,一脸孩子般的微笑。

老李也举起右手,不停地挥动。

老家伙,想吃啥就吃啥,别当王八蛋啊!老刘冲老李大声喊道。

岁月如风,在两位老人挥动的指间悄悄溜走,转眼就到了秋天。老刘的手开始有些不听使唤了,抬举很吃力,每次挥完手后,都会酸痛难忍。眼睛更不中用了,看老李,除见手在挥动,其他的一片模糊。但老刘依然坚持每天按时挥手,每次挥过之后,都会长长地吁一口气。

等到天空撒下雪花的时候,老刘彻底不行了。早晨醒来,他感到呼吸困难。儿子说去医院吧。老刘说,来不及了,我的命自己清楚,答应我一件事,我走后,你必须每天十点向对面顶楼的阳台挥手,记住,不能露头。

说完，老刘头一歪走了。儿子泪如泉涌。

半月之后，老刘的儿子挥完手又赶着出去忙事，无意间撞上了老李的儿子。

你爸身体还好吧？老刘的儿子问。

好啊，刚才还和你爸挥手呢！老李的儿子说完，慌忙走开了。他怕话说多了，漏嘴。爸半年前临走时交代过，千万不能让老刘知道他先走了。

永远的门

邵宝健

江南古镇。普通的有一口古井的小杂院。院里住了八九户普通人家。一式古老屋,格局多年未变,可房内的现代化摆设是愈来愈见多了。

这八九户人家中,有两户的长住人口各自为一人。单身汉郑若奎和老姑娘潘雪娥。

郑若奎就住在潘雪娥隔壁。

"你早。"他向她致意。

"出去啊?"她回话,擦身而过,脚步并不为之放慢。

多少次了,只要有人有幸看到他和她在院子里相遇,听到的就是这么几句。这种简单的缺乏温情的重复,真使邻居们泄气。

潘雪娥大概过了四十了吧。苗条得有点单薄的身材,瓜子脸,肤色白皙,五官端正。衣饰素雅又不失时髦,风韵犹存。她在西街那家出售鲜花的商店工作。邻居们不清楚,这位端丽的女人为什么要独居,只知道她有权利得到爱情,却确确实实没有结过婚。

郑若奎在五年前步潘雪娥之后,迁居于此。他是一家电影院的美工,据说是一个缺乏天才的工作负责而又拘谨的画师。四十五六的人,倒像个老头儿了。头发黄焦焦、乱蓬蓬的,可想而知,梳理次数极少。背有点驼了。瘦削的脸庞,瘦削的肩胛,瘦削的手。只是那双大大的眼睛,总烁着年轻的光,烁着他的渴望。

他回家的时候,常常带回来一束鲜花,玫瑰、蔷薇、海棠、腊梅,应有尽有,四季不断。他总是把鲜花插在一只蓝得透明的高脚花瓶里。

他没有串门的习惯,下班回家后,便久久地待在屋内。有时他也到井边洗衣服,洗碗,洗那只透明的蓝色的高脚花瓶。洗罢花瓶,他总是斟上明净的井水,噘着嘴,极小心地捧回到屋子里。

一道厚厚的墙把他和潘雪娥的卧室隔开。

一只陈旧的一人高的花竹书架贴紧墙壁置在床旁。这只书架的右上端,便是这只花瓶永久性的位置。

除此以外,室内或是悬挂,或是傍靠着一些中国的、外国的、别人的和他自己的画作。

从家具的布局和蒙受灰尘的程度可以看得出,这屋里缺少女人,缺少只有女人才能制造得出的那种温馨的气息。

可是,那只花瓶总是被主人拭擦得一尘不染,瓶里的水总是清清冽冽,瓶上的花总是鲜艳的、盛开着的。

同院的邻居们,曾是那么热切地盼望着,他捧回来的鲜花,能够有一天在他的隔壁——潘雪娥的房里出现。当然,这个奇迹就从来没有出现过。

于是,人们自然对郑若奎产生深深的遗憾和绵绵的同情。

秋季的一个雨蒙蒙的清晨。

郑若奎撑着伞依旧向她致意:"早。"

潘雪娥撑着伞依旧回答他:"出去啊?"傍晚,雨止了,她下班回来了,却不见他回家来。

即刻有消息传来:郑若奎在单位的工作室作画时,心脏脉搏异常,猝然倒地,刚送进医院,就永远地睡去了。

这普通的院子里就有了哭泣。

那位潘雪娥没有哭。眼睛委实是红红的。

花圈。一只又一只。那只大大的缀满各式鲜花的没有挽联的花圈,是她献给他的。

这个普通的院子里,一下子少了一个普通的生活里没有爱情的单身汉,真是莫大的缺憾。

没几天,潘雪娥搬走了,走得匆忙又突然。

人们在整理画师的遗物的时候,不得不表示惊讶了。他的屋子里尽管灰蒙蒙的,但花瓶却像不久前被人拭擦过似的,明晃晃,蓝晶晶,并且,那瓶里的一束白菊花,没有枯萎。

当搬开那只老式竹书架的时候,在场者的眼睛都瞪圆了。

门!墙上分明有一扇紫红色的精巧的门,门拉手是黄铜的。

人们的心悬了起来又沉了下去,原来如此!邻居们闹闹嚷嚷起来。几天前对这位单身汉的哀情和敬意,顿时化为乌有。变成了一种不能言状的甚至不能言明的愤懑。

不过,当有人伸手想去拉开这扇门的时候,哇地喊出声来——黄铜拉手是平面的,门和门框滑如壁。

一扇画在墙上的门!

压在信封里的钱

申弓

那一年,老主人不知道出于什么心态,将我装进一个信封里,然后贴上8分钱邮票,将我投入信箱,我经历了飞机汽车的长时间颠簸,最后来到了新主人的家。虽然在长途跋涉中我毫发无损,可我心里还是怨恨,同样是钱,别人可以换成一纸汇款单,让那薄薄的纸片穿州过省,自己免遭跋涉之苦,还可以光明正大地在市场里流通。而我呢,变成了违邮品,一旦被别人截走,邮局概不负责。虽说10元数额不大,可在当时也不是一笔小数啊,试想,8分钱一个鸡蛋,我可以换成100多个鸡蛋呢。就这样不明不白地被塞进窄窄的信封里,浑浑沌沌地来到这人生地不熟的地方。

更可恶的是,这天,当新主人从邮差手中接过信封后,随手一撕,还差点没将我撕裂。不过我还真感谢他这一撕，让我一下子感受到了外面世界的美好：阳光那么灿烂，天那么蓝，水那么清，空气那么新鲜，我原以为，从此我就不再与黑暗做伴了。

可谁知道我想错了。主人不知道是兜里钱多了还是出于什么原因，对我不屑一顾。严格地说，只是用那带着浓烈烟味的食指和中指将我夹着抽出来一下。准确地说，还不到3秒钟，便又将我塞回了那个信封里，随手将装着我的信封塞进了书柜里，身上还压上重重的一本书。于是，我又回到了黑暗之中，而且被那重重的书本压得喘不过气来。

我沮丧地在仄逼和黑暗之中躺了足足20年。

20年哪，它可以使婴儿变成了大人，可以使大人变成了老者，甚至可以由沧海变成桑田。20年里，我的那些兄弟们，在活跃的市场里遨游，由一元变成十元，再由十元变成百元，百元变成千元，千元变成万元，一个个像滚雪球一样壮大。我的心里很不是滋味，可也十分无奈，谁叫我这么不走运！

我热切地期待着主人将我释放出来。

那一年，主人陷入了困境，晚上听到他和女主人在吵架，知道他的钱包里已经山穷水尽了。我听得出来，是主人生意亏损了，好像是工厂倒闭了，而且，

压在信封里的钱

他的款都让一个女孩给卷走了,这是女主人跟他歇斯底里的争吵中透露的。

我想,是该我出山的时候了。

可是等呀等呀,主人就像是将我遗忘了一样,连压在我身上的书本也没动一下。

不但没动,我发现这段时间,主人发疯一样地买书,天天将新买回来的书往柜子里放,直压得我连呼吸都感到了困难。

经历了一段时间的困扰,主人潜心读书,虽然跟女主人时有口角,可也没啥大碍,慢慢地,好像他们又弥合了。男主人的工厂东山再起了,心情一天比一天好了起来,这晚,他在写字,女主人走进来念:财源广进,这四个字好!

男主人又刷刷地写了一张:这个更好,鸿运高照!看得出来,主人已经渡过了难关,生意走上了正轨,是家和事兴,还是事兴家和?还真有点说不清。可有一点是肯定的,我只有继续压在书缝里,直到终老。

那一年,全民炒股,多少人一夜暴富,看得出来,主人也加入了这个行列。我想,该是我出山的时候了。而且有幸的是,主人被套住了,他的钱包又瘪了,甚至那一天女主人问他要10元钱买早餐，他也拿不出来。主人在愁苦，我心里却乐：你越是没钱就越是要想到我吧。

可是我又错了。主人彻底地将我忘记了。

后来发生一件事真让我痛苦欲绝，男主人因为炒股被套，嗜上了赌，企图能在赌场翻身，可谁知他的运气那么不济，越赌越输，欠了一屁股的债，在债主的无情威逼之下从高高的楼上跳了下来。女主人在哭，而我却没能出来送他一程。呜呜，主人一去，我重出江湖便更没指望了。

直到很久以后的一天，我突然感觉到身上的压力轻了，一个年轻姑娘将信封拿起，两只纤指伸进来，将我夹了出来：妈，快来看，这里有一张钱！女主人迈着龙钟的脚步来到书房，从姑娘手中接过我，混浊的眼里充满了泪水，这是你爸生前留下的，我们让它错过了美好的时光了！

妈，我们拿去用吧。

还用什么，过去可以买到100多个鸡蛋，现在连10个也不到了，还是留着做个纪念吧。

女主人终于说出了一句良心话。

高等教育

司玉笙

强高考落榜后就随本家哥去沿海的一个港口城市打工。

那城市很美,强的眼睛就不够用了。本家哥说,不赖吧?强说,不赖。本家哥说,不赖是不赖,可总归不是自个儿的家,人家瞧不起咱。强说,自个儿瞧得起自个儿就行。

强和本家哥在码头的一个仓库给人家缝补篷布。强很能干,做的活儿精细,看到丢弃的线头碎布也拾起来,留作备用。

那夜暴风雨骤起,强从床上爬起来,冲到雨帘中。本家哥劝不住他,骂他是个傻蛋。

在露天仓垛里,强查看了一垛又一垛,加固被掀起的篷布。待老板驾车过来,他已成了个水人儿。老板见所储物资丝毫未损,当场要给他加薪,他就说不啦，我只是看看我修补的篷布牢不牢。老板见他如此诚实，就想把另一个公司交给他，让他当经理。强说，我不行，让文化高的人干吧。老板说，我看你行——比文化高的是人身上的那种东西！

强就当了经理。

公司需要招聘几个大专以上文化程度的年轻人当业务员，就在报纸上做了广告。本家哥闻讯跑来，说给我弄个美差干干。强说，你不行。本家哥说，看大门也不行吗？强说，不行，你不会把这里当成自个儿的家。本家哥脸涨得紫红，骂道，你真没良心。强说，把自个儿的事干好才算有良心。

公司进了几个有文凭的年轻人，业务红红火火地开展起来。过了些日子，那几个受过高等教育的年轻人知道了强的底细，心里就起毛说，凭我们的学历，怎能窝在他手下？强知道了并不恼，说，我们既然在一起共事，就把事办好吧，这个经理的帽儿谁都可以戴，可有价值的并不在这顶帽上……

那几个大学生面面相觑，就不吭声了。

一外商听说这个公司很有发展前途，想洽谈一项合作项目。强的助手说，这可是条大鱼呀，咱得好好接待。强说，对头。

外商来了,是位外籍华人,还带着翻译、秘书一行。

强用英语问,先生会汉语吗?

那外商一愣,说,会的。强就说我们用母语谈好吗?

外商就道了一声"OK"。谈完了,强说,我们共进晚餐怎么样?外商迟疑地点了点头。

晚餐很简单,但有特色。所有的盘子都尽了,只剩下两个小笼包子,强对服务小姐说,请把这两个包子装进食品袋里,我带走。

虽说这话很自然,他的助手却紧张起来,不住地看那外商。那外商站起来,抓住强的手紧握着,说,OK,明天我们就签合同!

事成之后,老板设宴款待外商,强和他的助手都去了。

席间,外商轻声问强,你受过什么教育?为什么能做得这么好?

强说,我家很穷,父母不识字,可他们对我的教育是从一粒米、一根线开始的。后来我父亲去世,母亲辛辛苦苦地供我上学。她说俺不指望你高人一等,你能做好你自个儿的事就中……

老爱情

苏童

我这里说的爱情故事也许会让一些读者失望,但是当我说完这个故事后,相信也有一些读者会受到一丝震动。

话说20世纪70年代,我们香椿树街有一对老夫妇,当时是六七十岁的样子,妻子身材高挑,白皮肤,大眼睛,看得出来年轻的时候是个美人;丈夫虽然长得不丑,但是个子不高。他们出现在街上,乍一看,不配,仔细一看,却是天造地设的一对。为什么这么说呢?这对老夫妻彼此之间是镜子,除了性别不同,他们的眼神相似,表情相似,甚至两人脸上的黑痣,一个在左脸颊,一个在右脸颊,也是配合得天衣无缝。他们到煤店买煤,一只箩筐,一根扁担,丈夫在前面,妻子在后面,这与别人家夫妇扛煤的位置不同,没有办法,不是他们别出心裁,是因为那丈夫矮、力气小，做妻子的反串了男角。

他们有个女儿，嫁出去了。女儿把自己的孩子丢在父母那里，也不知是为了父母，还是为了自己。她自己大概一个星期回一次娘家。

这是一个星期天的下午，女儿在外面"嘭嘭嘭"敲门，里面立即响起一阵杂沓的脚步声，老夫妇同时出现在门边，两张苍老而欢乐的笑脸，笑起来两个人的嘴角居然都向右边歪着。

但女儿回家不是来向父母微笑的，她的任务似乎是为埋怨和教训她的双亲。她高声地列举出父母所干的糊涂事，包括拖把在地板上留下太多的积水，包括他们对孩子的溺爱，给他吃太多，穿得也太多。她一边喝着老人给她做的红枣汤，一边说："唉，对你们说了多少遍也没用，我看你们是老糊涂了。"

老夫妻一听，忙走过去给外孙脱去多余的衣服，他们面带愧色，不敢争辩，似乎默认这么一个事实：他们是老了，是有点老糊涂了。

过一会儿，那老妇人给女儿收拾着汤碗，突然捂着胸口，猝然倒了下来，死了，据说死因是心肌梗死。死者人缘好，邻居们听说了都去吊唁。他们看见平日不太孝顺的女儿这会儿哭成了泪人儿了，都不觉得奇怪，这么好的母亲死了，她不哭才奇怪呢！他们奇怪的是那老头，他面无表情，坐在亡妻的身边，看上去很平静。外孙不懂事，就问："外公，你怎么不哭？"

老人说："外公不会哭。外婆死了，外公也会死的，外公今天也会死的。"

孩子说："你骗人，你什么病也没有，不会死的。"

老人摇摇头，说："外公不骗人，外公今天也要死了。你看外婆临死不肯闭眼，她丢不下我，我也丢不下她。我要陪着你外婆哩。"

大人们听见老人的话，都多了心眼，小心地看着他。但老人并没有任何自寻短见的端倪，他一直静静地守在亡妻的身边，坐在一张椅子上。他一直坐在椅子上。夜深了，守夜的人们听见老人喉咙里响起一阵痰声，未及人们做出反应，老人就歪倒在亡妻的灵床下面了。这时就听见堂屋里自鸣钟"当当当"连着响了起来，人们一看，正是夜里12点！

正如他宣布的那样，那矮个子的老人心想事成，陪着妻子一起去了。如果不是人们亲眼看见，谁会相信这样的事情？但这个故事是真实的，那对生死相守的老人确有其人，他们是我的邻居，死于20世纪70年代末的同一天。那座老自鸣钟后来就定格在12点，犹如上了锈一样,任人们怎么拨转就是一动也不动。

　　这个故事叙述起来就这么简单,不知道你怎么看,我一直认为这是我一生能说的最动人的爱情故事。

剪纸王

孙博

元旦的午后,枫城文化中心大堂内挤满了人,这里正在举办加拿大青少年剪纸大赛。主持人宣布比赛题目为"年年有余"后,大家争分夺秒地忙碌起来。

牛犇第一个交卷。作品质量和所用时间,都大大出乎评委所料。牛犇正在读大学二年级,是滑铁卢大学计算机软件专业的高材生。其他选手都在规定的半个小时才交卷,还有几个根本没能完工。最终,五个评委一致决定给牛犇打100分。

评委吴主席走上台,双手举起牛犇的剪纸给大家看,作品是圆形的窗花图案,男女胖娃各抱鲤鱼跳龙门,喜气洋洋中带着积极向上的精神。

台下一位参赛者突然举手,吴主席马上停住嘴,示意他发言。

那小伙子站起来,说道:"我叫马驰,刚才偶然发现牛犇同学的剪刀特别奇怪,估计安装了电子配件,是不是有作弊之嫌?"

牛犇立刻站起来,斯文地答道:"大赛要求自备剪刀和刻刀,但并没有任何具体规定。"

马驰提高嗓门:"请你不要偷换概念,我的问题是,你的剪刀有没有安装电子配件?"

牛犇点点头,答道:"我确实加入了人工智能辅助系统,主要功能是加快剪纸的速度。不过,这也是我自己开发的,正在申请专利。"

牛犇的话音一出,现场像炸开了锅,吴主席立刻傻了眼,其他评委也面面相觑……

恰在这时,坐在后排的一位长者站起来,大声地说道:"请大家安静一下!我叫牛建国,是牛犇的爷爷。事情既然发生了,总得有个解决的办法,为公平起见,我建议请吴主席出题,马驰同学提供剪刀和刻刀,让牛犇再剪一个图案。"

牛犇和马驰纷纷点头。五个评委交头接耳,认为牛建国的办法可行,吴主席马上向牛犇、马驰招手。牛犇三步并作两步地走上台,马驰也拿着剪刀、刻刀跟了上去。

吴主席皱了皱眉头,说道:"我看,就剪一个'嫦娥奔月'吧。"

牛犇立即在讲台上剪了起来,动作异常娴熟,大约一支烟的工夫,一幅栩栩如生的"嫦娥奔月"完成了,上面还有"中秋佳节"四个行书大字。

五个评委一看,不约而同地点了点头,吴主席兴奋地说:"冠军真是名副其实啊!"

马驰带头拍手,台下的掌声一浪高过一浪。

曲终人散之际,一个中年男子冲向前,对着牛建国问道:"请问牛老先生是广东佛山人吗?"

牛建国点点头,中年男子激动地说:"那您就是当年的'剪纸王'了!20年前,我还跟您学过几个礼拜呢。"

牛建国拍了拍脑袋,说道:"抱歉,不记得了,我在佛山教过几百个学生。来加拿大十年了,只教了我孙子一个人。"

中年男子边竖起大拇指边说:"难怪您孙子这么牛,就像他的名字一样。原来,是得到您老人家的真传啊!"

吴主席以夸奖的语气说:"这就是名师出高徒,牛老先生果真是'剪纸王'。"

牛建国指着孙子,说道:"'剪纸王'这个名衔,得让给年轻一代了。现在啊,再加上什么IA的,剪纸的发展空间不可估量。"

"爷爷,人工智能叫AI,不是IA。"牛犇插嘴提醒。

牛建国连连点头,说道:"反正这古老的剪纸艺术,就靠你们年轻人插上高科技的翅膀了。"

吴主席趁机央求:"能请牛老先生担任咱们剪纸协会的顾问吗?一起来推广这项非物质文化遗产。"

牛建国笑哈哈地说:"我这把老骨头还有用吗?"

吴主席答道:"现在这个年头啊,人生70刚开始,90不稀奇,100笑嘻嘻。"

牛建国爽快地说:"托您的福,我就顾问一下吧。也借你们这个平台,好好推广一下咱们佛山的剪纸传统,那可是宋代就开始流传了。"

中年男子似乎比谁都高兴,急促地说:"那我得马上报名入会,重拾当年师徒情。"

牛建国俏皮地问:"入会没有年龄限制吗?"

吴主席幽默地答:"3到80岁,全部欢迎。"

一旁的牛犇握了握拳头,悄悄说:"那我得抓紧练功了,时刻准备竞争'剪纸王'!"

老人与狐

孙春平

老猎手德四爷听说山里出了一只白狐狸，起初还有些不信。这些年，莫说白狐，山里连跟土疙瘩差不多颜色的狐狸都难见了，扯玄吧。但后来听人说得多了，一个个信誓旦旦的，就不能不犯琢磨了。

也不是德四爷见钱眼开，家里实在太需要钱了。德四爷的儿子上山打石头，被滚石砸死了，扔下一个孙子。孙子书念得好，来年夏天就考大学。儿媳一次次带孙子来商量，问还考不？一年光学费就得好几千呢。

下了第一场雪后，德四爷在夜里带黑子上山了。狐狸昼伏夜出，多在夜里捕食，只要出来打食，雪地里必留痕迹。他在荒草掩映的乱石滩中搜寻时，便见黑子的耳朵支棱起来。德四爷估计狐穴就在附近，开始琢磨该在哪里下套设夹了。

老人与狐

突然间,一道白光闪出,直向山梁上奔去。黑子汪汪叫着,腾身追奔。但很快,黑子就回来了,一副惭愧的样子。德四爷摩挲摩挲狗脑袋,算是安慰它。黑子也老了,又多年没跟他出来狩猎,怪不得它了。没想,黑子又叫起来,腾身又追,眼见不远高岗处,那白狐竟立着身子往这边张望,直到黑子到了身边,才又一闪而去。黑子再回来,白狐也回来,如是三番。德四爷陡然醒悟,喝住黑子,急在附近石丛里找,果然找到一处洞穴,推开石块,就见一只长有尺余的小东西跳出来。嗬,奇了,小狐崽子竟也是通体雪白!德四爷脱下身上的褂子,将小白狐罩住,还不由叨念了一句戏词,狐狸再狡猾也斗不过好猎手!刚才,母狐一次次返回,就是想把他和黑子引到别处,这回好,狐崽到了我手,就等于让我牵住了母狐的鼻子,你逃不出我手心啦!

德四爷回到家里,从兔笼里揪出家兔,将小狐放进去,又将笼门牢牢拴死,然后拍拍黑子的头,就回屋睡觉了。他知道,那只白狐一定会远远地跟在后面,但今夜它只会在村外转。明夜,母狐就会不顾生死地跟过来,那时再设套下夹不迟。

为了不伤白狐的皮毛,第二夜,德四爷拴死了黑子。但套子没猎住白狐，天亮时却见笼前多了两只野鸡。第三夜，笼前又多了一只山兔。这是想讨好猎人呢，还是乞求猎人替它喂喂饥饿的小狐？

德四爷却偏让小狐饿着，也不给它水喝。小狐饥渴难耐的叫声是牵制白狐的最好诱饵，只有让狡猾的母狐彻底乱了心智，才有可能最后将其擒获。饿了两天两夜的小狐的叫声果然渐渐弱下去。那一夜，月色又不错，德四爷在黑子的叫声中，眼见白狐闪进了院子，在院心焦躁地转了一阵后，让他做梦也想不到的一幕出现了。白狐突然对着房门的方向伏下了身子，两只前爪平伸着，脑袋就伏在两爪之间。它这是干什么？德四爷怔了一下，提了棒子轻轻拉开房门，那白狐竟仍伏在那里不动。是它没有察觉吗？不会，绝不会。德四爷蹑手蹑脚，一步步走向前去，清晰地看到白狐大瞪着黑葡萄样的眼睛，正无所畏惧地迎望着他。德四爷举起了棒子，看到白狐身子微微抖颤了一下，却仍不躲也不动，只是把眼皮轻轻地合上了。德四爷大惊，也顿时明白，白狐引颈受戮，想以此乞求德四爷放掉她的孩子。可怜的东西，她再没有别的办法，只求一死啦！德四爷高举的臂膀软下来，长长叹息了一声。天地之间，人与兽，都是血肉身躯，同情同理。那一时刻,他想起儿子刚死时,老两口悲恸欲绝的情景,老伴儿的叨念足有上万遍:老天爷,不如让我死了啊……

德四爷打开笼门,小狐蹿出来,就往白狐身上扑,那种绝处逢生、母子重聚的情景看了让人心热。白狐护定小狐,一直牢牢望着德四爷,那神情说不出是感恩戴德还是不相信眼前的事实。德四爷摆摆手,说走吧,远点儿走,可别再让人寻摸着你们啦。

白狐低叫了一声,小狐便跳上了母亲的脊背。白狐跑出院门时,又转了几个圈子,然后立起身,合起两只前爪对德四爷拱了拱,便驮着小狐钻进夜色中去了。

老人回了房里。隔窗将这一切看在眼里的老伴儿说,放了好,多少钱值这一片心啊!德四爷没有分辨老伴儿这话是在赞白狐还是夸自己,那一夜他睡得格外香甜。

雅盗

孙方友

陈州城西有个小赵庄,庄里有个姓赵名仲字雅艺的人,文武双全,清末年间中过秀才。后来家道中落,日子越发窘迫,为养家糊口,逼入黑道,干起了偷窃的勾当。赵仲是文人,偷盗也与众不同,每每行窃,必化装一番。穿着整齐,一副风雅。半夜拨开别家房门,先绑了男人和女人,然后彬彬有礼地道一声:"得罪!"依仗自己艺高胆不惧,竟点着蜡烛,欣赏墙上的书画,恭维主人家的艺术气氛和夫人的美丽端庄,接下来,摘下墙上的琵琶,弹上一曲《春江花月夜》,直听得被盗之人瞠目结舌了,才悠然起身,消失在夜色里。

赵仲说,这叫落道不落价,也叫雅癖。古人云:"有穿窬之盗,有豪侠之盗,有斩关劈门贪得无厌冒死不顾之盗;从未有从容坐论,怀酒欢笑,如名士之盗者。"——赵某就是要当个例外！

这一日，赵仲又去行窃。被窃之家是陈州大户周家。赵仲蒙面入室，照例先绑了主人夫妇，然后点燃蜡烛，开始欣赏主人家的诗画。当他举烛走近一帧古画面前时，一下瞪大了眼睛。那是一幅吴伟的《灞桥风雪图》。远处是深林回绕的古刹，近景是松枝槎桠，板桥风雪。中间一客，一副落魄之态，骑驴蹒跚而过，形态凄凉。中景一曲折清泉，下可连接灞桥溅溪以助回环之势，上可伸延向窗渺以续古刹微茫……整个画面处处给人以失意悲凉之感！

赵仲看得呆了。他由画联想起自己的身世，仿佛身临其境，变成了那位骑驴过客，不由心境苍凉，心酸落泪。不料趁他哀伤之时，周家主人却偷偷让夫人用嘴啃开了绳索。周家主人夺门而出，唤来守夜的家丁。家丁一下把主人卧房围了个严实。

赵仲从艺术中惊醒，一见此状，急中生智抓过夫人，对周家主人说："我只是个文盗，只求钱财，并不想闹人命！你若想保住夫人，万不可妄动！"

周家主人迟疑片刻，命家丁们后退几步。

见形势略有缓和，赵仲松了一口气。他望了周家主人一眼，问："知道我今日为甚吃亏吗？"

"为了这幅画!"周家主人回答。

"你认得这幅画吗?"赵仲又问。周家主人见盗贼在这种时候竟问出了这种话,颇感好笑,缓了口气说:"这是明朝大家吴伟的真迹《灞桥风雪图》!"

"说说它好在哪里?"赵仲望了望周家主人,挑衅般地问。

周家主人只是个富豪,对名画只知其表而不知其里,自然说不出个道道儿,禁不住面红耳赤。

那时候赵仲就觉得有某种"技痒"使自己浑身发热,开始居高临下,口若悬河地炫耀道:"吴伟为阳刚派,在他的勾斫斩折之中,看不出一般画家的清雅、幽淡和柔媚,而刚毅中透着凄凉的心境处处在山川峰峦、树木阴翳之中溢出。不信你看,那线条是有力的勾斫和斩截,毫无犹豫之感。树枝也是钉头鼠尾,顿挫分明,山骨嶙峋,笔笔外露……"说着,他像忘了自己的处境,抓夫人的手自然松了,下意识地走近那画,开始指指点点,感慨阵阵……

周家主人和诸位家丁听得呆了,个个木然,目光痴呆,为盗贼那临危不惧的执迷而叹服不已。

赵仲说着取下那画,对周家主人说:"此画眼下已成稀世珍品,能顶你半个家产!你不该堂而皇之地挂它，应该珍藏，应该珍藏！"

周家主人恭敬地接过那画如接珍宝，爱抚地抱在胸前。

赵仲拍了拍周家主人的肩头，安排说："裱画最忌虫蚀，切记要放进樟木箱内！"说完，突然挽过周家主人的胳膊，笑道："让人给我拿着银钱，你送我一程如何？"

周家主人这才醒悟，但已被赵仲做了人质。万般无奈，他只得让一家丁拿起赵仲开初包好的银钱，"送"赵仲走出大门。

三人走进一个背巷，赵仲止了脚步，对周家主人笑道："多谢周兄相送，但有一言我不得不说，你老兄抱的这幅画是一幅赝品，是当初家父临摹的！那真品仍在我家！为保真品，我宁愿行窃落骂名而舍不得出手啊！"

那周家主人这才恍然大悟，一下把画轴摔得老远，愤愤地说："你这贼，真是欺人太甚！"

赵仲飞前一步，捡了那画，连银钱也不要了，双手抱拳，对着周家主人晃了几晃，然后便飞似的消失在夜色里……

从此，赵仲再不行窃，带着全家躲进偏僻的乡村，用平日盗得的银钱买了几亩好地,白日劳作,夜间读画——读那幅《灞桥风雪图》。

据说,赵仲常常读得泪流满面……

半夜急救

万芊

半夜十二点多,夏院长刚抢救了一名患者才回二楼值班休息室,想喝口咖啡缓缓神,值班护士过来报告说急救室又来了两个车祸病人,有一人伤得挺重。

夏院长匆匆来到一楼急救室,只见两张急救床上,一边躺着一人,都是三十多岁,男的,浑身是血。一个在呻吟,半边脸已经肿得变了形,血流不止。另一个,一眼能看到的是有一条腿断了,人昏迷,神志不清。

夏院长吩咐了几句,先动手抢救断腿病人。人手不够,夏院长让护士把内科值班医生、护士都叫了过来,还让给在家的骨科医生、麻醉师打电话,叫他们马上赶来。

输氧、输血、清创、消炎、用药、缝合、检查……

急救室里，一切有条不紊。

不一会儿，骨科医生、麻醉师也赶了过来。断腿病人做了检查后被推到了楼上手术室，继续抢救，开始做接肢手术。按理是说这么危重的病人最好转送市医院，那边医疗技术和设备都比他们这乡镇医院好，但夏院长担心路上出事，这病人已经耽搁了好长时间，只有马上手术。

手术进行间，夏院长问值班外科医生："这两个车祸人怎么过来的？谁送过来的？送的人呢？"

值班外科医生说："是脸受伤的人自己开着摩托车驮着断腿人过来的。过来时，倒在医院大门内，浑身是血，吓坏了保安。"

"又是摩托车？"夏院长心头一凉，又问，"他们有没说在哪出的车祸？"

值班外科医生一脸困惑，说实在的，这两人，一个昏迷，一个死不开口，连最起码的缴费、签字手续，都无法进行。

"他们不像是在附近出的车祸，你们说呢？"夏院长仔细看了伤口说。

值班外科医生手上忙着，嘴里说："是的，从创面看，他们受伤已经有一段时间了，只是我没想通，他们怎么不去市里的几个医院,偏要赶到我们这偏僻的乡镇医院呢?这两人伤得蹊跷!"

夏院长吩咐一旁的内科护士,说:"你去,抓紧做几桩事。一桩是把那个脸上受伤的人送特护病房,安排特护,不能脱人。第二桩是你给我家里打个电话,让我女儿马上来这里。说我这里有事让她过来帮忙。"

夏院长的女儿是市一院的外科医生,读的是博士,专攻心血管。只是,熟悉夏院长的几个医生都知道,夏院长女儿夏阳半年前出了事受了伤,一直在家养伤。夏阳怎么受的伤,夏院长自己没说,但医院里消息灵通的人都知道。夏阳从医院里值夜班开车回家下车进楼道时,被骑摩托车的飞车贼抢了包,抢包的人很恶劣,车子突然从黑暗里蹿出,打了她一铁棍,把她打翻在地。打的是腿,很狠,一条腿当即被打折。夺包时,夏阳看清了抢包的两人,三十几岁的男人,报警时她愤恨地说,这两人,烧成灰,她也认得。

一个多小时后,夏阳来了,拄着拐杖,缓缓进了手术室。进了手术室,夏阳看了看躺在手术台上的病人,与父亲夏院长的眼神对视交换一下,两人似乎什么都明白了。夏阳没说话,坐在一边,默默地看父亲做手术。夏院长虽说已59岁了,但眼神和手的灵活,仍然不会输给已经有了五六年手术经验的女儿。女儿坐在边上，默默地看着。一会儿，有医生进来，拿着检查报告，告诉夏院长一个惊人的坏消息。检查发现在这断腿人胸口离心脏非常近的地方有一枚金属针，针尖已影响到了心脏，需要同时手术。

夏阳再也坐不住了，跟父亲说："这个手术，我来吧。"夏院长清楚，在当事人没有能履行任何签字的情况下进行手术，要冒巨大风险。但若不马上手术，断腿人很可能因为心脏被刺而下不了手术台。夏阳做了一番准备，便为断腿人做起了胸口取针手术。腿受过伤，正在恢复当中的夏阳，站着手术，自然很累，做了一会，累得厉害，便小坐一会歇歇。而一边的夏院长正做着断肢再植手术。两台手术同时进行，父女俩只消眼神传递，便能默契配合。

几个医生护士一直忙到第二天上午九点多，才把断腿病人身上的几个手术做完。从昏迷中抢救过来的断腿病人被送入了特护病房。

好几个小时站下来，夏阳累坏了。手术结束，夏阳问："爸，你怎么知道是他抢了我的包？"

夏院长说："我只是有一点小小的预感，我让你过来就是要让你看看到底是不是他们。

"其实,我不是让你来做手术的,却被你赶上了。"

夏阳说:"没办法,一进手术室,手就痒,遗传的。"

夏院长后来听说,那断腿人使的是苦肉计。那插入胸口的针叫"拍针",是事先花钱叫无良的人插进去的,一旦作案败露,他们便拍胸自残,嫁祸他人。

夏院长想想心里还是有点后怕,幸亏叫来女儿,幸亏及时手术,幸亏手术成功。

第三天,断腿人脱离了生命危险,人在特护病房,走廊里有民警二十四小时轮流看守。一直到康复,这两人才先后从医院转到市看守所。

临走时,断腿人说要见一眼救他的人。夏院长没同意。断腿人有点失望,临上警车前,朝着医院大门,恭恭敬敬地鞠了一个躬。

赔你一碗热干面

汪学猛

终于与武汉一家单位签订光伏发电合同,为犒劳自己,他晚走一天,去户部巷吃热干面。

那天。他端碗快速转身去取调料时,"咣当"一声,将迎面正端碗的她的热干面碰撒一地。

他说:对不起,要不,多少钱的?我赔你。

她刚想说什么,电话响了,音量有些大,听到抗疫动员什么的。

放下电话后,就匆忙出店。

他愣了一会,追出去:哎,你的微信,我联系你,给你钱。

她头发飘飘,回头说:没关系,不需要。一张秀丽的脸。

那家企业又联系他,临时让他培训员工光伏发电知识,他又待了几天。

赔你一碗热干面

想走的时候,走不掉了,武汉封城了!

看到不少医院救援的信息,他退掉宾馆,提着行李架,报名参加一家医院的保洁。

一次,去张老伯的病房清理垃圾的时候,车子碰到正输液扎针护士的腿。

他说:对不起。

护士摆摆手。

他看到一双明亮但充满血丝的眼睛,似曾相识。

张老伯朝他,也朝她,竖起大拇指,反复说:谢谢谢谢。

武汉解封了。医院要照合影,举行小型告别仪式。

他站在最后。

结束的时候,他几乎跑着离开。

掉头就碰撞到一个人的身体。

竟然是她!

她扬眉诧异地说:我们医院应该没有你?

他挠挠头:我是做光伏发电的一家单位的主管,要离开武汉,后来没走掉,就做志愿者了。

她说:网络疯传我医院的那名男保洁员是你?!哈哈哈。

他目视她一会,憔悴,瘦了,说:对了,微信号?给你热干面钱。

她脸红了:碰三次,就为了赔碗面钱?

他说:要不,晚上请你吃碗热干面?

她低头走了,突然回头羞涩一笑:老地方,老时间,赔我一碗热干面。

父子的母校

韦如辉

父亲对儿子说起他的母校，腮上的胡楂儿都飞快地跳起舞。

父亲说，那操场，那家伙。父亲放下手里的锄头，十分有力地张开自己的双臂，语无伦次地说，那家伙，那个大啊！

儿子的眼神，随着父亲夸张的动作，鸽子一样地飞翔。

父亲放下双臂，伸出右手，风摆树叶似地抖着手又说，还有那教室，那家伙，窗明几净。

儿子屏住呼吸，全神贯注地看完父亲一连串的表演，最后才语气稚嫩地问，爸，你的母校真的那么好吗？儿子不是不相信父亲的话儿，实在是儿子没见过被父亲夸奖得如此美好的学校。

父亲似乎十分不高兴，一脸愠色地拨弄了一下儿子的脑袋。儿子的脑袋，弹簧似地晃了晃。父亲语气凝重地说，你小子，我说的还有假?!

儿子的梦里，就有了父亲的母校，有了父亲母校的那操场，那教室。

父亲从山坡上一步三摇地下来，背上压着山一样大捆的柴草。眼看就要入冬了，父亲必须用这些柴草，认真地对付这个即将到来的寒冷的冬天。

儿子似乎很有眼色，每当喘着粗气的父亲将要蹲下放掉柴草的时候，儿子都会从柴草的底下扶上一把。儿子这一把的力气尽管很弱小，但的确能够减少父亲身体弯曲的痛苦。

父亲很高兴。父亲说，好儿子！

儿子笑了笑，两颗俏皮的虎牙晃动在父亲的眼前。

有一天，儿子扶下父亲背上的最后一捆柴草。儿子说，爸，带我看一看你的母校好吗？

对于儿子的请求，父亲觉得既在意料之外，又在意料之中。父亲吐一口烟，对儿子说，真想去？

儿子努力地点了点头，嘴里坚定地说，想！

第二天，山里的浓雾还没有淡下来的时候，父子俩就上路了。

父亲边走边对儿子说，我的母校在县城，离咱家

父子的母校

可远了,得翻过三座山,然后再坐三个钟头的车才能到达啊。父亲说到最后一个啊字,诗人般抒情起一串长音。

儿子听父亲讲这些话儿,已经稔熟于心了。儿子想说,爸,别说了,您已经说过无数遍了。然而,儿子没有说,儿子怕父亲不高兴,怕父亲改变主意,怕父亲不带自己去他美丽的母校。

风吹到脸上,夹杂雾气的潮湿,多少有点儿刺骨的味道。但儿子身上很快淌了汗,而且额上的汗珠儿已如小虫子似地爬来爬去。

父亲转过身来问,累吗?爸驮你一会儿。

儿子咬紧牙关说,不要!然后把脑袋摇得像拨浪鼓似的。

临近中午的时候,父子俩几经周折才到了县城。

县城真是个好地方,儿子从来没去过县城,儿子的好奇心被极大地调动。同时,儿子从心眼里羡慕父亲。父亲是个了不起的人物,他的母校能在县城,他能在这县城里读书,父亲真是个了不起的人物。

走到一块开阔地,父亲异常兴奋,眼睛里放射出万丈光芒。父亲对儿子说,看,这块,就是母校的操场,那家伙。父亲的语气里,跳动着无数个惊喜。

儿子满眼惊奇,眼神随着操场开阔的延伸而翻腾。

父亲接着说,看,儿子,那个四层楼,就是我们的教室哩。我的班在三楼,最东头的那个门,看见了没有?

儿子当然看到了。儿子的眼里是一座巍然屹立的高楼。儿子心想,什么时候自己能到那教室里读一天的书?哪怕是一天也就心满意足了!

父亲嘴里还在说,那家伙!信不信?那家伙!

从县城回来,儿子整夜做梦。儿子的梦,当然都与父亲的母校有关。

后来,儿子真到县城读书。父亲对儿子说,你读书的那个学校,就是我的母校,那家伙!

再后来,儿子很争气,儿子考上了大学,儿子成了城里人。

儿子什么都搞清楚了。父亲没上过一天的学,父亲在城里根本就没有什么母校。父亲认识的那几个字,还是从扫盲班拾来的。

那么父亲为什么称自己在城里有母校呢?为什么又把体委大厦和体委操场指鹿为马呢?儿子当然也清楚,儿子清楚得眼睛里蓄满了泪水。

直到父亲仙去,父子俩都没把这个谎言戳破。儿子固执地以为,那也许是父亲一生的被儿子已经实现的梦想吧。

定风珠

魏继新

小镇多吊脚楼,旧称干阑。此屋沿溪而建,时传为避毒豸虫蛇而筑,人居其上,可眺山水岚雾,倒也有十分情趣。且房屋鳞次栉比,多为木柱板壁,街道为麻石路面,凹凸不平,就有了几分古香古色。镇口岩头上的老藤粗枝,盘虬错节。小镇位于深山之中,极少人来往的。村野田塍之中,常见老牛慢慢地吃草咀嚼岁月,仿佛日子也凝固了;只有小路上日子覆盖着日子,脚印覆盖着脚印。连风,也很难穿透时间凝固的墙壁,为这方圆百里惟一不通公路的小镇,送来些山外新鲜的气息。

小镇有一屠夫,生得膀粗腰圆,每日里杀头肥猪,烫了刮毛开膛,然后用担挑了,步行几十里山路,到城里去卖。却也不知何故,他的猪肉极好卖。他从不要高价,也不扣斤两,所以,常常不到一个时辰,肉便卖完了。于是,便沽些酒,买些油盐柴米,顺了山路回去。当然,担子里便捎了些镇人托买的东西,或油或盐,屠夫总是把它们用信包包了,做上记号。他虽看上去五大三粗,心却极细,从不会错,加上有的是力气,也乐此不疲,如此一来,人缘极好,镇上人把自己喂的猪,也往他那儿赶,所以,日复一日,小日子倒过得十分滋润。

屠夫有一杀猪用的案桌,矮脚宽身,是祖上传下来的,虽然开裂了,且血痕累累,年复一年,连木质也看不出了,屠夫对它,却十分钟爱,用起来也十分顺手。一日,镇上来了一老客,此人打扮倒也入乡随俗,穿了蓝布罩服,布底沿口鞋,只是银须飘飘,颇有些风骨:据云,此人乃名中医,回祖籍省亲的,偶尔也给镇上人看病。不知何故,却对屠夫的杀猪感了兴趣,一连数日,流连不去。屠夫为赶生活,杀猪时间是极早的,其时山洼里云摇着破碎的夜晚。山顶上刚流出血红的黎明,老者便来了,目不转睛地看。屠夫是个直人,见状,便嘿嘿地笑了,说:让老人家见笑了,我手艺不精呢。

老者微微一笑,说:你手艺倒是极好,人也不错,不过,我不是看你杀猪的。

屠夫大奇：那你看什么呢？

老者说：我是看你案桌呢。

屠夫不解。老者问可否转让，愿出钱购买。屠夫说：区区一破桌，你愿要，便拿去吧。老者便说：那我代病家谢你了。不过，我将赔钱给你置买一新案桌。我隔七日后来取，这七日，你仍在此桌上杀猪吧。

七日后，老者至，见屠夫亦置新案桌，并言：你既为病家故，我何可让你破费，并置这新案桌送与你吧。老者大惊，急问旧案。屠夫曰：我已劈矣。且见一巨大蜈蚣，伏于案内。

老者遂长叹一声，仰天曰：民风淳朴如此，我何言？！

于是，老者告知屠夫，此蜈蚣伏案内，日日以猪血为食，到今日，已逾百年，取出剖开，腹内有一珠，名曰定风珠，可治百种之疾。我存有私心，怕说出来被你敲竹杠，故此未言明，谁知竟毁于一旦矣！我要这新案桌，又有何用呢？以我这等褊狭之心，如何治世救人，真让人汗颜！老夫碌碌一生，看来仍是心不迭，艺不精矣！

言罢，大笑而归。

倒是屠夫，常听人言及，他到手的富贵，竟被丢

定风珠

了。屠夫听罢,也无懊悔,只笑曰:该来则来,该去则去,天意也。

屠夫依然每日杀猪卖肉,乐此不疲。倒是老者,闻听此言后,仰天叹曰:求不可求之求,吾何止心不迭,艺不精,而是枉读药理诗书,不如一屠夫矣!

遂摘牌罢医,不再悬壶矣。

捡糖纸

夏阳

我七岁那年,湘云回来了。

湘云是我们村嫁出去的姑娘,一家人生活在上海。这次,趁着休探亲假,带先生、女儿回娘家住上一段日子,算是衣锦还乡。

我当时不明白湘云口里的"先生"是什么意思,看着她轻声细语地唤她带回来的那个男人,便感觉和我们父辈称呼学堂里的老师为先生是两码子事儿。湘云的先生很讲究,雪白的衬衫,笔挺的西裤,身上散发着一股淡淡的香皂味,喜欢坐在院中樟树阴里的摇椅上看书。每次看书前,都要洗手,洗完后,再用雪白的毛巾擦干。这让我们一大帮解完手用干稻草或南瓜叶擦屁股的村人大开眼界。

湘云刚回来那阵子,村里很多人都去瞧新鲜儿。刚在水田里劳作完的村人,还没来得及洗净脚上的泥巴，便往湘云的娘家凑。一边抽着湘云散发的香喷喷的纸烟，一边看着人家一家三口白白净净，衣着光鲜，一脸菜色的村人尴尬地赔着笑，内心不由生出许多感慨。

我就是在那时盯上了湘云的女儿。她叫榕榕，和我年纪相仿。用我今天饱经沧桑的眼光来看，不知道她长得是否漂亮，更可悲的是，我现在彻底记不起她的模样了。反正城里来的小女孩，在当时我这个衣不遮体的乡下孩子眼里，个个都是白雪公主。

当我躲在门背后目不转睛地瞅着这个白雪公主时，湘云善意地笑笑，直截了当地问我，要不要我们家的榕榕嫁给你？

要！我的回答，立刻招来哄堂大笑。

湘云不笑，严肃地问我，如果我把榕榕嫁给你，你打算怎么样对她好呢？

我挠了挠头，使劲地想，怎么样才算是对她好呢。我想了半天，还是想不出来。我一急，眼泪吧嗒吧嗒地掉，仿佛榕榕马上要嫁给别人了。

湘云和蔼地说，孩子，你别哭，你回去认真想想，想好了告诉我。我给你三天时间。

我现在还清清楚楚地记得，那三天我是如何度过的。整整三天，我心里像着火一般，白天躺在夏阳冈的草堆里，流浪汉一样，望着天上的浮云发呆，晚上等娘睡下后，偷偷遛到夏阳河边，在河堤上来回踱步，踩碎了满地的月光。银色的月光，在夏阳河面上拥挤，奔跑，喧声震天。

三天后，我如约站在湘云面前。我嗫嚅道，我想学会打鱼，每天给榕榕鱼吃。

湘云一怔，认真打量着我，问道，假如今天只打到了一条鱼，你会全部给榕榕吃吗？

会！

湘云又问，那你吃什么？总不能饿肚子吧？

我想了一下，说，看着她吃得高兴，我心里就饱了。

湘云点了点头，对旁边的人夸道，这孩子不简单，将来会有大出息。

我当时不明白湘云为什么会那样说，我只关心榕榕会不会嫁给我。看到未来的"丈母娘"点了头，我心里的石头忽地一下落地了。我得意地想，娶了榕榕这样的城里姑娘，夏阳村的孩子就没人再敢小瞧我了。

以后，我每天明目张胆地去找榕榕玩，好像她就是我的。

捡糖纸

榕榕说一口好听的上海话，软绵绵的，棉花糖一样，在我的心里漾出一道甜蜜的抛物线，让我如身处春天的花房，沉醉不醒。榕榕有一个爱好，喜欢收集糖纸。她搬出一个精致的木匣子，从里面取出一沓一沓的糖纸，花花绿绿，摆在我面前，说，可漂亮呢。我面对如此众多的糖纸，惊羡不已。我擦了擦鼻涕，像一个大男人一样豪气冲天地对她说，我一定要给你更多更漂亮的糖纸。

榕榕很乖地点了点头。

从此，我开始了我的捡糖纸生涯。

我每天在村前村后、田间地头到处转悠，连路边的垃圾也不肯放过，只要发现是鲜艳的纸片，就捡回去交给榕榕。学校操场，村卫生站，唯一一家蓬头垢面的杂货店，都是我重点盯防的场所。那是一个物质匮乏的年代，很多人家连饭都吃不饱，哪有闲钱给小孩买糖吃。所以，尽管我非常努力，但收获甚小，偶尔捡回来几张，也是千篇一律的一分钱一块的水果糖糖纸，脏兮兮的，让我不敢面对榕榕失望的眼睛。

那天上午，我又在杂货店门口转悠，发现店里新进了一种高粱饴糖，三分钱一块，糖纸红艳艳的，煞是好看。我喜出望外，这种糖纸，榕榕是没有的。

我犹豫了好一会儿,悄声闪进家门,掀开米缸盖,从米里面挖出一个小布包,颤抖着从娘为数不多的角票中抽出一毛钱,悄悄地出了门。

娘正在门口舂米,她似乎发现了什么,停下手里的活儿,目光锐利地盯着我。我低着头,攥钱的手在衣兜里直哆嗦,哆嗦了一阵,一扭身,撒腿向杂货店跑去。

我买完糖,牛气冲天地直奔湘云的娘家。一进门,我大声喊着榕榕的名字。湘云的娘告诉我,一大早,榕榕全家回上海去了。

威风

相裕亭

东家做盐的生意。

东家不问盐的事。

十里盐场,上百顷白花花的盐滩,全都是他的大管家陈三和他的三姨太掌管着。

东家好赌,常到几十里外的镇上去赌。

那里,有赌局,有戏院,还有东家常年买断的一套沿河、临街的青砖灰瓦的客房。赶上雨雪天,或不想回来时,东家就在那儿住下。

平日里,东家回来在三姨太房里过夜,次日早晨,日上三竿才起床。那时间,伙计们早都下盐田去了,三姨太陪他吃个早饭,说几件她认为该说的事给东家听听。东家也不知道是听到了,还是压根儿就没往耳朵里去,不言不语地搁下碗筷,剔着牙,走到小院的花草间转转,高兴了,就告诉家里人,哪棵花草该浇水了；不高兴时，冷着脸，就奔大门口等候他的马车去了。

马车是送东家去镇上的。

每天，东家都在那"哗铃哗铃"的响铃中，似睡非睡地歪在马车的长椅上，不知不觉地走出盐区，奔向去往镇上的大道。

晚上，早则三更，迟则天明，才能听到东家回来的马铃声。有时，一去三五天，都不见东家的马车回来。所以，很多新来的伙计，常常是正月十六上工，一直到青苗淹了地垄，甚至到秋后算工钱时，都未必能见上东家一面。

东家有事，枕边说给三姨太，三姨太再去吩咐陈三。

陈三呢，每隔十天半月，总要想法子跟东家见上一面，说些东家爱听的进项什么的。说得东家高兴了，东家就会让三姨太备几样小菜，让陈三陪他喝上两盅。

这一年，秋季收盐的时候，陈三因为忙于各地盐商的周旋，大半个月没来见东家，东家便在一天深夜归来时，问三姨太："这一阵，怎么没见到陈三？"

三姨太说："哟，今年的盐丰收了，还没来得及对你讲呢。"

威风

三姨太说，今年春夏时雨水少，盐区喜获丰收！各地的盐商蜂拥而至，陈三整天忙得焦头烂额。三姨太还告诉东家，说当地盐农们送盐的车辆，每天都排到二三里以外去了。

东家没有吱声。但，第二天东家在去镇上的途中，突发奇想，让马夫带他到盐区去看看。

刚开始，马夫以为自己听错了，随后追问了东家一句："老爷，你是说去盐区看看？"

东家没再吱声，马夫就知道东家真是要去盐区。东家那人不说废话，他不吱声，就说明他已经说过了，不再重复。

当下，马夫调转车头，带东家奔向盐区。

可马车进盐区没多远，就被送盐的车辆堵在外头了。东家走下马车，眯着眼睛望了望送盐的车队，拈着几根花白的山羊胡子，挂着手中小巧、别致的拐杖，独自奔向前头收盐、卖盐的场区去了。一路上，那些送盐的盐农们，没有一个跟东家打招呼的——都不认识他。快到盐场时，听见里面闹哄哄的呼喊——

"陈老爷！"

"陈大管家！"

东家知道，这是呼喊陈三的。

近了，再看那些穿长袍、戴礼帽的外地盐商，全都围着陈三递洋烟、上火，就连左右两个为陈三捧茶壶、摇纸扇的伙计，也都跟着沾光了，个个叼着盐商们递给的烟卷儿，人模狗样地吐着烟雾。

东家走近了，仍没有一个人理睬他。

被冷落在一旁的东家，心里很不是滋味，他在那帮闹哄哄的人群后面，好不容易找了个板凳坐下，看陈三还没有看到他，就拿手中的拐杖从人缝里，轻戳了陈三的后背一下。

陈三一愣！还没有反应过来身后的这位小老头，到底是不是他的东家时，东家却把脸别在一旁，轻唤了一声，道："陈三！"

陈三立马辨出那声音是他东家的，忙说："老爷，您怎么来了？"

东家没看陈三，只用手中的拐杖，指了指他脚上的靴子，不温不火地说："看看我的靴子里，什么东西硌脚！"

陈三忙跪在东家跟前，给东家脱靴子。

在场的人谁都不明白，刚才那个威风凛凛的陈大管家、陈老爷，怎么一见到眼前这个骨瘦如柴的小老头，就跪下给他脱靴子。

威风

可陈三是那样虔诚,他把东家的靴子脱下来,几乎是贴到自己的脸上了,仍然没有看到里面有何硬物,就调过来再三地抖,见没有硬物滚出来,便把手伸进靴子里头抠……确实找不到硬物,就仰起脸来,跟东家说:"老爷,什么都没有呀!"

"嗯——"东家的声音拖得长长的,显然是不高兴了,东家说,"不对吧!你再仔细找找。"

说话间,东家顺手从头上捋下一根花白的头发丝,猛弹进靴子里,指给陈三:"你看看这是什么?"

陈三捏起东家那根头发,好半天没敢抬头看东家,东家却蹬上靴子,看都没看陈三一眼,起身走了。

珠子的舞蹈

谢志强

国王接纳了一个老人的进贡。据老人自称,他代表他所在的那一方土地上生活的臣民,表达对国王的拥戴,这两颗珠子便是明证。

国王占领这个王国,屡受刺杀、谋害,他觉得这个王国处处隐匿着敌人。他还是第一次看臣民的忠诚表白。

老人说:陛下,我这一对珠子是家传珍宝,它们一碰着毒药就兴奋,兴奋地跳舞。

国王大悦。他现在时常面对膳食提心吊胆,已有数名侍从中毒身亡。他进食前,必须有侍从先品尝把关。国王立即安排了放毒药的菜肴。

果然,两颗珠子浸入菜肴,便一跃而起,兴奋不已地蹦跳,在桌上此起彼伏,像是经过严格训练的王宫舞女,跳得姿态优雅,还不时地相互碰撞,发出清

珠子的舞蹈

脆的响声。

国王给予老人丰厚的赏赐。他开始欣赏这对珠子，像玛瑙，又不是；似玉石，也不是；这是两个稀世珍宝。有了它们，国王顿时消除了疑虑和心病。不过，他清楚，要在灵魂上征服这个王国并非容易的事情。

两颗珠子成了国王的忠实侍从，这个秘密只有国王知道。可是，还是不断地有人自投罗网，隔数日，两颗珠子就对送来的菜肴跳舞。国王立即发旨追查投毒罪犯——膳食房的厨师、帮手，又牵连各自背后的王宫官吏，一抓就是一串子。然后又招纳和任命一帮新人。

很快，王宫上下，都知道了那两颗珠子。国王便对两颗珠子宠爱有加。他要求保管珠子的侍从：珠子享受王亲的同等待遇。珠子是物件，无法加官进爵，但是，在形式上珠子政治、生活的待遇已超过了宫内的宠臣。甚至，国王听政时，珠子陪伴其左右。

众臣不免对珠子敬畏，仿佛珠子能识别出他们心灵的阴暗。那段时间，王宫内平安有序。每逢国王用膳，那两颗珠子成了必须的陪伴，它们幸福地浸泡在国王的膳食里，而且，国王并不取出它们。

国王举动木勺时，先去碰碰碗盘中的珠子，那一刻，国王显出了慈爱之情，两颗珠子如同聪颖顽皮的王子。他说：来，你们和本王共同进餐。

直至国王放下碗勺。珠子沾满了油珠和饭屑。侍从当着国王的面给珠子"净身"，那是用羊奶或驼奶又浸泡了鲜花的花瓣制成的净身液——特别是初开的沙枣花，细碎的花朵，浓郁芳香。国王最后会捧着珠子吻一吻，那是无限的深情。国王觉得珠子维系着他的生命。侍从在替珠子"净身"的过程中，稍有磕碰，国王便动怒。其实，珠子舞蹈的时候那么剧烈不也没有丝毫损伤吗！

宫女的舞蹈已不能吸引国王了。可是，国王又生出忧郁，毕竟珠子长久没有舞蹈了。国王喜欢欣赏珠子的舞蹈，而珠子一旦舞蹈，又意味着威胁的逼近。无聊至极，国王就授意在膳食中下毒，他要观看珠子的舞蹈——久违了毒药，珠子的舞蹈近乎疯狂，甚至一跃，双双落在石板的地上，敲击地板的劲头使得国王心疼。国王担心它们受伤，他欣慰地想到它们的忠诚无私。

国王不再采用这种方式了，他沉浸在对珠子的舞蹈的回忆之中，他在最后那次珠子的狂舞中感到一种死亡的气息。于是，国王格外地呵护它们。原来的

珠子的舞蹈

"净身"仅仅是膳前餐后,他又规定,还加上早晚各一次。净身液的鲜花,有的是乡间采摘,可王宫专门修建了暖房,终年鲜花盛开。

珠子已习惯了净身,甚至,天气酷热,珠子偶尔不安地跳动——那不是舞蹈,而是珠子表达它们的愿望,国王以为珠子表演了,可一旦珠子置入净身液,它们又陶醉地平静下来。国王又要求伺候珠子的侍从在天热天冷的时候,增加珠子的净身次数。珠子始终散发出特殊的芬芳,似乎珠子已吸纳了天地间花香的精华浓缩一体。

国王不再观赏珠子的"净身",那是一个复杂费时的过程,他只随身佩戴着它们。

不过,不幸终于发生了,那个不幸似乎酝酿了许久——国王中毒了。那次用膳,照常是珠子浸在膳食的碗里,珠子没有作出反应,它们应当及时地舞蹈呀。

国王腹中绞痛,他知道可怕的谋杀终于降临了。他望着珠子,说:你们怎么没舞蹈?

那个献珠的老人来了——国王早已安排老人在王宫里当差看护花房。国王忍痛责问老人,说:你谋害了本王。

老人笑了,说:陛下,是你过分宠爱了珠子,从我的祖辈起，珠子洗浴的都是毒水，它们本来对毒药很敏感，我说过，它们一碰毒药就兴奋地舞蹈。

国王说：可，它们没有舞蹈……

老人笑着平静地说：陛下，你改变了它们的本性，它们已习惯了你安排的生活。现在，它们一碰净身液就跳舞了，你已经看不见这一点了。

国王的口中流出乌黑的血液。他的生命之火熄灭的最后那一瞬，脑子里闪过的是一对珠子的狂舞。

晚点

邢庆杰

男人慌里慌张地领着女人跑上站台时,车还没有进站。

男人听到一个手拿对讲机的执勤说,这班车要晚点一个小时。

男人的脸就灰了,说,车又晚点了,怎么老晚点。

小站很小。仅有一排四五间平房,墙体上刷的油漆大部分脱落了,脱落了的地方露出水泥底子,像一幅抽象派的油画。

都三十年了,小站周围的变化很大,起了很多的楼房,高档的外墙装饰非常扎眼,更加衬托出小站的破败。

站台上仅有十几个人,都在来回踱着步子,耐心地等待火车的到来。

已是晚秋,风很凉。女人竖起上衣领子,对男人说，不行，咱回吧，待在这里俺心里不踏实呀。

男人说，别怕，没人会找你的，你毕竟不是三十年前的你了。

女人说，是呀，都老了……

三十年前，男人和女人都很年轻。在一次全县组织的劳动中，男人和女人认识并相爱了。但女人的爹娘要用女人换回一个儿媳妇。男人家里是弟兄三个仨光棍，既没有姐妹可去换女人，也没有足够的彩礼去满足女人的爹娘。两人的事自然就没有盼头。但男人不信邪，约了女人私奔，女人犹犹豫豫地答应了。

一个夜晚，两人相约跑出了家门，来到了这个小站。他们在小站见了面后，都很激动，因为他们就要在一起了，谁也没法阻挡了。事先他们已经商量好了，去东北投奔男人的一个姑妈。

本来两人的计划是天衣无缝的。男人已经事先问好了开车的时间，并提前买好了两人的车票。他们来到这里几乎正好是火车进站的时间。只要十几分钟，他们就可以双宿双栖了。

但是列车却给他们开了一个极其残忍的玩笑——车晚点了，晚了整整一个小时。

就在他们相偎着互相取暖时，女人家里的十多口人都找了过来。他们把男人打了个半死后，将女人五花大绑地弄回了家。

男人被家里人拉回家后，休养了一个月才下地。这时，女人已经被爹娘匆匆地嫁出了。

男人又打了几年光棍，虽已年近三十，但有人上门提亲，男人都拒绝了。后来，男人出人意料地去另一个村子当了"倒插门"。

后来有人才明白过来，女人正是嫁到那个村子去的。

有人开始担心，担心两人再出什么事。但很多年过去了，两人都各自有了儿女，并没有什么事情发生。

日子一晃，男人与女人就都老了。男人的媳妇先去了，得的是肺病。后来，女人的丈夫也被一场车祸夺去了性命。

再在街上碰面，两人差着辈分，男人得管女人叫"婶"，为了避嫌，两人几十年未说过一句话。

但男人不想再失去这一生中最后的机会，他大着胆子与女人约会，讲出了想破镜重圆的想法。女人犹犹豫豫地同意了。

但两人的事情再度遭到了强烈的反对。是双方的儿女。不是儿女不开化，是因为差着辈分，传出去太难听。

男人和女人耗了半年多，与儿女们也斗争了半年多，但最终未能如愿。男人与女人再次走上了三十年前私奔的旧途。

远远地，火车已经拉响了汽笛。站台上骚动起来。

男人抓住女人的手，有些兴奋地说，车进站了。女人抬头看了男人一眼，叹口气说，到底进站了，上次晚点，让咱俩晚了半辈子呀。

车终于停在了站台上。但这时，女人的儿子、媳妇、闺女、女婿都来了，将女人强行架走了。

火车吐出一些人，又吞进去一些人，鸣着汽笛开走了。男人看着远去的火车，良久，他喃喃地道，这次晚点，晚了我一辈子呀！

男人就天天来火车站等火车。但男人并不真上车，他只关心车是否晚点，并经常一边望着铁路的远方，一边焦急地看着手表。站上的人赶他，但赶跑了几十次，几十次都接着回来了。

男人成了站台上一道持久的风景。

天上有一只鹰

修祥明

春日的天极为幽蓝高远。春天的风,像是从一个睡熟的女人嘴里吹出来的似的,徐徐的,暖暖的。

村头的屋山下,坐着一双满头白发的老汉。一位姓朱,一位姓钟。两人皆年过八旬,在村里的辈分最高,且都满腹经纶,极得村里人的信任和敬重。

日头升到半空就有些懒了。时间过得好像慢了半拍。朱老汉和钟老汉把见面的话叙过后,就像堆在那里的两团肉一样,没言没声,只顾没命地抽烟,没命地晒太阳。

天上飞来了一只鹰。不知什么时候飞来的。不知从哪里飞来的。只是极高极高。

那鹰看上去极为老到。它的双翅笔直伸展开,并不做丝毫的扇动,且能静在半空动也不动,像生了根,像一颗星星那样牢牢靠靠地悬在天上。

功夫!

朱老汉先看见了那只鹰。他瞅了钟老汉一眼。他为他的发现很得意、很骄傲。七老八十了,没想到还能看到那么高处的鹰。七窍连心,眼睛好使,人就还没有老。朱老汉心里欢喜得要死,现出的却是很沉稳的样子。毕竟是走过来的人了。

"鹰!"

钟老汉已经抽完了一锅烟,正搅和往烟锅里装第二锅,玉石烟锅在荷包里没命地搅和着,好像总也装不满似的。

"天上有一只鹰!"

钟老汉将烟锅从荷包里掏出,用大拇指头按着,然后划着火柴鼓着腮帮点上了火。白白的烟从他的鼻孔喷出——不是喷,好像是从鼻孔空里流出来的那么温温柔柔。

"你聋了?"朱老汉火了,用牙咬着烟袋嘴喝斥老钟。

"你的眼瞎!"钟老汉猛地吼出了这么一声。他瞪了瞪朱老汉,却不去看那鹰,好像那鹰他早就看见了,比朱老汉看见的还早。其实,他是现在才瞅见天上的那个飞物的。

"那是鹰?"钟老汉也斜一眼朱老汉。

朱老汉高擎的脑袋,一下子变成个木瓜。他扭头再瞅瞅天上,还是呆。

"不是鹰是什么?"他反问。

钟老汉哼哼鼻子。

"不是鹰,能飞那么高?"

钟老汉撇撇嘴。

"不是鹰,你说是什么?"

钟老汉用手端着烟杆,倒出嘴,甩给朱老汉的话像是用枪药打出来的——

"那是雕!"

这回轮到朱老汉哼老钟的鼻子了,他那气得发抖的嘴唇噘得能拴住一头驴。

"哼!一树林子鸟,就你叫得花哨。鹰和雕,还不是一回事!"

钟老汉喷喷鼻子,不屑地把头扭到了一边。

朱老汉气得浑身抖动,嘴唇哆嗦,气也喘得粗了。却说不出话。

老钟便把语气压低了道:

"跟你说,雕的声粗,鹰的嗓门细。雕是叫,鹰是唱。雕叼小鸡,鹰拿兔子。雕大鹰小。……"

"小雕比大鹰还大吗?"

朱老汉的气话又高又快,像叫气打出的暖壶堵发出的声响。唾沫星子喷到了老钟的脸上。

钟老汉抹去脸上的唾沫星子,像一个爆竹般蹿起来。他把通红的烟袋锅朝鞋底上磕磕,然后把烟袋杆插进裤腰带上别着,伸着气紫的脖子一步步向朱老汉逼近。

"老东西,谁还和你犟嘴了?"

"老不要脸,谁叫你能犟?"

"你看看,是雕还是鹰?"

"你望望,是鹰还是雕?"

"是雕!"

"是鹰!"

"雕我认得公母!"

"鹰扒了皮我认得骨头!"

"输了你是雕?"

"输了你是鹰?"

"是雕是雕是雕是雕……"

"是鹰是鹰是鹰是鹰……"

两个人争得不可开交,面红耳赤,差不多要动手动脚了。

这时，天上的那个飞物摇摇晃晃地落下来，正好落在他两人的脚前

天哪，天——是一只鸟形的风筝！

两位老汉，都像叫菜叶子卡住了嗓子的鸭子，只能伸着长脖子翻眼珠，嘴干张着咧却不出声。又像两截枯败的老朽木竖在春光里。

拣风筝的孩子从远处飞来了。

"呸！"

"呸！"

两人各吐了一口唾沫离去了，那样子，像断了线的风筝一样，摇摇晃晃。

神医归来

徐全庆

肖玉楼看见了一个人,一个五年前被他医死的人。

那人下意识地想躲开,但看肖玉楼正直直地盯着他,就僵在了那里。那人说,我还活着,你好像并不惊讶。

肖玉楼淡淡一笑。

肖玉楼是远近闻名的神医。"肖玉楼出手,药到病除",连几岁的孩子都知道这句流传甚广的话。事实上也的确如此,无论多重的病,只要肖玉楼还给你开方子,那就还有救。若肖玉楼摇了头,病人就死了心,回家等死了。在当地,肖玉楼就是一尊神。

但这尊神就差点毁在这个人手上。

那天,肖玉楼的诊所来了一个女人,破旧的衣服,满身的灰尘,一脸的焦急。女人进屋就跪在地上说,肖神医,求求你去救救俺当家的。原来,女人的丈夫得了病，起初并不重，请了几个医生，却越看病越重，如今已奄奄一息了。

肖玉楼平时以坐诊为主；也出诊，一般都在十里内。女人住在几十里外，这么远的距离，肖玉楼极少出诊。但见那女人一脸渴求，肖玉楼稍一犹豫，还是随着女人去了。

病人躺在床上，身上盖着厚厚的被子，眼已睁不开了。肖玉楼看了看病人，开始把脉。中医讲究望闻问切，但肖玉楼常常只用一个望字，病情复杂时才把脉。肖玉楼把脉极快，往往病人才感到他的手搭在自己手腕上，他就已结束了。神医就是神医。这天，肖玉楼的手在病人手腕上一搭，眉头皱了一下，但随即恢复正常。然后，他就开了个方子，递给女人说，去抓药吧。

女人的眉头展开了，出门时又回头问了一句，都是什么药，得多少钱呀？

肖玉楼明白女人没钱了。以前肖玉楼也常遇到这种情况，就不收病人的钱，病人什么时候有钱了再给。他从不催要。有的病人能拖上几年才付清费用，有的实在困难，肖玉楼就给免了。肖玉楼说出那几味药的名称，好在都不太贵。你先赊着吧，肖玉楼说，要是赊不着，就去我那儿抓吧。

女人虽不识字，但对药还是略有了解，疑惑地说，之前的大夫都说俺当家的得的寒症，你怎么开的是治热症的方子？

肖玉楼说，他手足冰凉，腹痛腹胀，看似寒盛征候，但脉搏气势流畅，里热壅盛，这是似寒实热。女人迟疑道，他们都错了？肖玉楼仰头看向屋顶，说，他们也配当医生？你放心抓药吧，三天后若还不好，我倒贴你十块大洋。

几日后，女人再次登门。我当家的死了。她声音很轻，像枯叶随风而落。肖玉楼好似寒冬腊月耳边突然响起炸雷，整个人立刻呆住了。

肖玉楼再次来到女人家中，女人的丈夫果然已死了。我治死人了？我治死人了！肖玉楼面色死灰，目光空洞。

肖玉楼把一百块大洋交到女人手上时，女人躲闪着肖玉楼的目光，把头埋得很低。

回到家中，肖玉楼立刻摘掉了肖氏诊所的牌子，从此杳无音信。

一年后，肖玉楼才回到家乡，重又挂起肖氏诊所的牌子。肖玉楼完全没有了神医的派头。望闻问切，每一样他都很认真，方子开好，他会再看一遍才交给病人。碰到危重病人，他还会亲自煎药。但他很少坐诊，常常背着药箱四处游历。

他其实是在找一个人。

现在，他终于找到了这个人。肖玉楼盯着那人，见他衣衫褴褛，蓬头垢面，分明变成了乞丐。你不是有一百块大洋吗？肖玉楼问。

那人说，早被我败光了。

肖玉楼说，我一直想不明白，你到底用了什么高明手段，能在我面前诈死成功？

死的是我双胞胎哥哥。那人说。

竟然是这样啊。肖玉楼说着，一脸疑云终于散去。

那人低下头说，都怪我鬼迷心窍。我老婆听说你离家出走后，天天和我生气，不久就气死了。我也没脸待在村里……

肖玉楼挥挥手说，不说这些了，你身上是不是哪里不舒服？

那人点点头。

肖玉楼说，怪我当年医术不精，又把脉不细。其实我当时就已发现，你的脉象与一股滑脉有细微差别，却想当然地认为是你连续服错药所致。误以为治死了你，我摘掉诊所牌子，遍访名医，苦读医书。一年后我才知道自己错了。你的身上应有两种热症，我只治了一个。但我能确信没有医死你。你身上应该还有一种我没见过的病，我找你，就是为了治好它。

那人扑通跪倒在地。

1938年的鱼

颜士富

二奶奶嫁到堆上组的那天,是黄河最后一次改道,浩浩荡荡的洪水从花园口一泻千里,拐了九九八十一道弯后,在新袁的一个村又拐了一个弯,把一路携带的泥沙冲在了岸上,形成了自然泄洪的土堆,后来就有人陆续住到堆上。现在叫堆上组。

二奶奶那天是趴在一副门板上漂到堆上的,是二柱爹把她救上了岸。二奶奶长得漂亮,两眼水灵灵的,一双小脚似初三四的月亮……

二柱爹一下就喜欢上了二奶奶。

后来,二奶奶就嫁给了二柱爹,他俩和堆上组的其他人家一样,以打鱼为生。

二柱爹在黄河滩搭了个草棚,在通往成子湖的河道上布了一道扳罾。扳罾是河罾的一种,要根据罾网的宽窄在河的两岸立四根竹竿,竹竿上拉上地锚,把罾网四角系在竹竿上，起放罾网的这两角系上长绳，通过竹竿上的两只滑轮，两根长绳连到岸边绞车上，转动绞车，绳子收紧，罾网就渐渐从水底被拉出水面，鱼就在网里了。

二柱爹和二奶奶昼夜守候着罾，自二奶奶有了身孕，她晚上就不住在棚子里了，但一日三餐都是二奶奶送过去的。

是夜，一轮明月高悬树梢，把一抹银辉洒向河面。水缓缓地向南流淌，忽然河面泛起一个水花，接着"哗"的一声响，一个鱼鳍露出水面，把银色的水面犁出一道白花花的沟。二柱爹眼都看直了，这条鱼足足有扁担长。二柱爹的脸上掠过一丝喜悦。忽然，鱼掉转方向，向罾的反方向游去。

过去的罾网都是用麻绳结成的，还要用猪血浸煮，浸煮过猪血的罾网离水快，不腐烂。猪血浸煮加上八卦网底，无形中就让这种渔具增添了神秘感。二柱爹看着渐渐游远的鱼，心里不禁暗暗嘀咕：难道真的是鱼过千层网，不过一道罾吗？但二柱爹坚信，只要想去成子湖，这里是必经之地。

二柱爹决定，让二奶奶不再回家，轮流值夜，和这条鱼较上了劲。

1938年的鱼

其实要过这条河的是一群鱼，它们要去成子湖产卵。那条鱼是打前锋的。

又是一个夜晚，二柱爹在外面守候两个时辰了，回到草棚想歇会儿。二柱爹在二奶奶的身旁躺下，身体向下弓着，耳朵紧贴着二奶奶的腹部。啊，这小东西动了。

你说这娃将来做什么啊？

要是儿子，就跟你一样，打鱼呗。

要是丫头片子呢？

那就随我，织网。

嗯。

哗，外面传来水声，二柱爹一骨碌从床上爬起，冲向河边，只见河面漾开很大一片波，看势不是一条鱼。二柱爹凝视着罾，和鱼慢慢耗着。

河面回归平静，二柱爹又返回草棚。

哎，你说奇怪吧，二奶奶说，刚刚有一条大鱼托梦给我呢，让我们网开一面，让它们去成子湖繁衍后代，如果不的话，将鱼死网破。

鱼哪能托梦呢，不要信这个。二柱爹说。

二奶奶接着说，好大好大的一条鱼啊，张着碗口那么大的嘴，还说，它们跟我一样，都是怀着孩子的母亲呢。

二柱爹把二奶奶拥进怀里，说，应该是发财的机会来了，哪能考虑得那么多。

你说鱼现在怀着崽，二奶奶向二柱爹的怀里钻了钻，又说，就像我现在怀着孩子一个样吗？想想真可怜。

我们渔民没有土地，也没有其他收入，就是靠捕鱼为生，有鱼群过，这是多年不遇的机会。二柱爹说到这里有些得意。

时令已是暮春。二柱爹整整守了一个春上。鱼群一直在罾的不远处徘徊。

又是一个夜晚，愈静，各种昆虫鸣得愈欢。

哗——水声又起。看来鱼要闯罾了。

二柱爹披衣走出草棚，手握绞柄，等待鱼进网。

一尾、两尾、三尾……终于进网了，二柱爹扳起绞柄，网渐渐收缩，越扳越有些吃力，在网欲露出水面时，二柱爹简直乐坏了，那么多鱼呀，活蹦乱跳的，再往上收网二柱爹有点力不从心了。

老婆子，快来搭把手。

哎，好的。二奶奶听到二柱爹的求援，从草棚里出来，使劲地帮着摁扳柄。

1938年的鱼

鱼在网里跳，其实是在绝望中挣扎，就在这时，一条巨鱼冲出水面，直奔罾网而来，这股劲如旋风，只听咔咔脆响，罾网断裂，鱼全部落入水底，继而向成子湖方向游去。

二奶奶由于用力过猛，一下失重，人向后猛摔过去，顿时昏迷不醒。二柱爹顾不了鱼事了，忙将二奶奶抱进草棚，约一个时辰，二奶奶醒了过来，直喊腰疼，接着裤脚有鲜血汹出……

后来，二柱爹求了几位郎中，终于保住了二奶奶的胎位。再后来，二奶奶生下一个男孩，取名小柱子，应了二奶奶的话，长大后随了他爹，也以捕鱼为生。新中国成立后，兴修水利，洪水不再泛滥，废黄河成了堆上人家的钱袋子，有日出斗金的说法。

二奶奶今年九十有六，这些都是她亲口告诉我的。她还说，后来啊，我们意识到，不能赶尽杀绝，咱子孙还得靠逮鱼生活呢，堆上组就定下了一个规矩，仲春至夏至为禁捕期。巧合的是，国家在同年颁布了《中华人民共和国水产资源繁殖保护条例》。

海葬

尹全生

蔚蓝的海,蔚蓝的天,蔚蓝的海和天的尽头,耸立着白得发亮的云山;白得发亮的云山下面,泊着一叶蓝灰色的帆。

是该撒网的水域了。海沉默着,船上的五个人也都沉默着。三个年迈的渔夫铁青着脸,在船舱里无声地抽烟;阿根和鸽子坐在船板上,互相用眼睛传递着惶惑。

——这次出海本来就不是打鱼,而是一场阴谋。

主谋是鸽子爷。鸽子是他五十岁那年捡来的。捡来了鸽子就没了鳏夫的孤独,却也捡来了数不清的艰辛。他用老渔夫多咸味儿的血汗养育他的心肝。为了鸽子少一声啼哭多一个笑脸加一件新衣,他曾被雷电的金鞭抽下大海,曾被黑鲨的尾鳍砍断肋骨……

鸽子十九岁了,是条美人鱼呢!通风透亮的日子总荡漾着苍老的欢笑。可是,他渐渐发现鸽子再不像只小猫,整天围着他撒娇,却与阿根那小子黏糊上了!鸽子的变化使他目眩,使他恐慌。十九年了,他还从没想到过鸽子是会飞的。鸽子要是飞了,日子还叫什么日子?而且,他眼里的阿根哪点能同鸽子比?而且,阿根又姓魏!为此,他告诫,他劝说,他恳求……然而一切都是徒劳,鸽子总是羞红着脸说:"爷爷,这事您别管。"

——阿根这狗崽子,真把我鸽子的心勾去了!这哪儿成这哪儿成!鸽子爷终于请来了老二、老三合计对策。在荒僻渔村的古老的小屋里,掩起门窗,点起蜡烛,倒上大碗烈酒,喝得眼睛血红。"那狗崽子,要掏我的心哪!"鸽子爷抹去两行浊泪。

老二眼里燃着愤怒和恐慌:"咱姓于,任他们成了,不是'喂鱼'吗?"

老三一拳砸在桌子上:"拆!"

三个同胞兄弟捧着酒碗策划了一个险恶的阴谋:让阿根相帮出海捕鱼,到深海逼他中断与鸽子的往来;他若是不从就朝海里推了,喂鱼!如果一旦事发蹲监砍头——三个老兄弟一同摔碎酒碗一同低吼:"值!"

……宁静的海天,静穆的云帆。

鸽子爷长长喷出一口浓烟:"阿根,你小子下来。"

阿根仓皇不安地走进船舱,盯着鸽子爷的脚尖;鸽子轻手轻脚地跟进来,盯着阿根的脚跟。海上骤然风起,船晃起来。鸽子爷首先发话:"你,往后不准再勾引我的鸽子!"

阿根脸一红:"可我们……"

鸽子脚尖磨着脚尖:"……合得来。"

"你们姓氏相克!"

阿根、鸽子异口同声说:"我们不信命。"

涛起云涌,满海烧起了黑色的火焰,满天烧起了黑色的火焰。船被浪烧急了,蹿上云端;又被云烧怕了,缩进浪谷。鸽子爷稳住身子,只冲阿根道:"你休想!"

仍是异口同声:"我们铁了心!"

老二、老三一拍大腿喝:"铁了心也得散!"

船猛地一栽,像要翻跟头。阿根一把抱住就要跌倒的鸽子。老渔夫们的眼被烤红了,跃身挺起,齐发一声喊:"喂鱼!"

骤雨嚎着泼着倾过来,雷电咆着闪着抽过来,海天啸着旋着碾过来!帆经不住威吓,勾结风暴,背叛了渔人，把腰一弓，船尾便插进海里，船首便翘进云里……一排浪奸笑着撞进船舱。老渔夫们中断了已近尾声的胁迫，一齐扑出船舱，用斧头、牙齿和老命折断了桅杆。而木质船体上被砸被撞被碾裂的道道口子，却是不能堵塞了。

阿根舍命从船舷上抢到仅剩的两个救生圈，一个塞给鸽子，一个递向鸽子爷。鸽子爷鼻子里喷出声恶气，夺过救生圈，递向老二、老三；老二、老三却推回来，风浪中喊："哥呀，带鸽子——逃命吧——"

鸽子爷牛眼圆瞪，把四个人看了个遍，最后牛眼套住了阿根，青筋布满了额头。云在向下压，浪在往上涌；船在往下沉，血在朝上冒……猛然，救生圈套到了阿根脖子上；猛然，鸽子爷的声音盖住了风暴雷霆："狗崽子！你要好好待我的鸽子——"

老二、老三也只是一刹那的惊愕。

三双枯手一同抹去两张嫩脸上的泪，三双枯手一同把两个跪着的人掀进了暴虐的大海，再喊一声："回去吧！孩子们——"

六道期望的光柱，把两个救生圈推向谁也看不见的生命的彼岸。之后三人一闭眼，随浪头跌进船舱，坦然封起舱门，在齐腰深的水里站定，打开酒葫芦……好来劲的老酒啊!

酒下了肚豪情就淹没了忧伤。老二、老三道:"我们已经是儿女满堂的人了!"

鸽子爷喊:"我的鸽子,有甜甜蜜蜜的日子啦!"

满足的笑,苍老的笑,豪迈的老渔夫的笑!——风暴掩不住,雷霆盖不住,海浪埋不住!虽然当风暴过后,这里只剩下那片蔚蓝的海、蔚蓝的天。

海呀……

鼓王

尤凤伟

鼓王姓朱名有志,塞北朱村人。因鼓王大号叫得太响,人们便渐渐忘记了他的真名本姓,本村人叫他鼓王,外村人叫他朱鼓王,远乡人叫他塞北鼓王,如此类推。

叫鼓王自然是鼓敲得好,每逢年节到来之际,鼓王便率领朱鼓队到四乡演出,还屡屡应邀到县城省城比赛,人们以一睹朱鼓技为快事,小小朱村成为显赫之地。

鼓王少年得志,婚姻也十分美满,女人的容颜美丽姣好,鼓王百般宠爱,令村里所有女人羡慕不已,后又由羡慕转化为嫉妒,嫉妒又使她们出言不逊,她们说:别看鼓王新婆姨长了副中看模样,可娇艳中透出一丝薄命之相,这注定要有厄运降临。

此话却不幸言中,厄运果然降临到鼓王家中,鼓王患了病，又是一种不治之症。鼓王躺在炕上日渐虚弱，知道自己是在等死，可他眼下最牵挂在心的是自己的爱妻。鼓王曾有一份可观的家业，但他不是精打细算之人，他为人仗义，乐施好善，如村人向他告贷，他有求必应，无论是钱是粮，总是多加接济，借出去的钱粮，他也从不向人家讨要，还就还了，不还就不还，再大的家业也抗不住这般的水冲风蚀，家境很快便衰落下去。想到自己死后爱妻将面临贫困和饥饿，鼓王心中感到万分的歉疚。

只因心中有对爱妻无尽的牵挂，鼓王咬紧牙关，硬是不肯咽下最后一口气，病痛使他浑身痉挛，汗如雨下，连婆姨都不忍心让他再活着苦受折磨，劝慰他放心地去，说她会照料好自己的，再说实在没了活路就追随夫君而去，在阴间夫妻团聚也是求之不得的事。

不料鼓王听了爱妻之话，陡然瞪大了眼，略一沉思，便央求爱妻在他死后为他做两件事，一是要把墓坑挖得深深的，将他的棺木竖立着放进去。婆姨不解，说："夫君劳累了一辈子，死后该躺在地下歇息，为何倒要站着苦累自己？"鼓王说他自有斟酌，不好说破；婆姨只得点头应允。婆姨又问第二件事，鼓王说要将他的鼓陪葬，放在棺木的一旁。婆姨觉得夫君的这个要求在情理之中，答应照他的吩咐去做。鼓王如释重负般地长出了一口气，随之合眼而去。

鼓王下葬那天显得有些冷清，也未见得是村人有意冷落，年关临近，新鼓王带领鼓队演练正酣，实在难以顾及已死的鼓王，只由鼓王的几个本家协助鼓王婆姨料理后事。

有人对那古怪的落葬方式提出异议，欲沿用常规，鼓王婆姨坚决不依，说这是鼓王的临终遗言，无论如何不得违背，众人听闻，无话可说。一代鼓王，就此断了尘缘。

以后的日子也算平静，鼓王婆姨深居简出，尽管有轻薄男人登门骚扰，但鼓王婆姨守身如玉心坚似铁，不为所动；也有媒婆登门提媒，鼓王婆姨同样予以拒辞。婆姨不忘鼓王之恩爱，甘心为其守护贞节。

这一年春旱，朱村一带出现了饥荒，忽然一天夜里，村里的一户人家听到外面有敲鼓声，而且一听那非同寻常的鼓点就听出是出自鼓王之手。这户人家十分恐惧，想鼓王死好久了，咋突然来到自家门口闹鬼呢？莫非——那家的男人突然想起曾向鼓王借过几回粮食，鼓王没要他也没还，他心想一定是鼓王的鬼魂来讨要粮食，帮自家的婆姨渡饥荒。他感动于鼓王是个有情有义的男人，死了还惦记着自己的婆姨，便冲着大门说："鼓王你请回吧，天一亮我就去你家还粮。"果然，鼓声就戛然而止了。那男人没有食言，尽管家中也不宽裕，还是想方设法去还了鼓王家的粮。

然而事情并没有完结，待鼓王婆姨将那户人家还的粮食快吃完时，夜里又一户人家听到大门外响起了鼓声，依然是出自鼓王之手的鼓声。这时关于鼓王为婆姨讨债的说法早在村里传开，传得沸沸扬扬。这户人家听到鼓声自然什么都明白了，借债还债天经地义，他学先前那人，对着大门说："鼓王请回吧，待天亮就去你家送粮。"天亮后他果然去鼓王家还了粮。从此以后，隔一段时间就有一户人家被鼓王催着还粮，而结局总是圆圆满满。

这一夜，鼓王到一个外号叫"二憨"的光棍儿家催粮，从这外号就知道这人非同寻常：他智力不足，膘膘乎乎，外加脾气暴躁，不断在村中寻衅闹事。这天夜里，他听到了鼓王的鼓声，倒也记起曾借过鼓王的钱粮，可他压根儿没有还的打算，他不在意活人，更不会理睬死人，听见鼓声他照常睡大觉，这鼓声就从天黑一直敲到天亮，后来就息了。二憨暗自得意，出门冲街上的人说："老子不听死鬼的摆布，看他鼓

鼓王

王能把我咋样！"

　　第二天天黑后鼓声又在二憨家响起，且敲得更响更急。二憨还是充耳不闻，照睡不误。就这么连着敲了三夜，鼓王执着，二憨更是耍赖耍憨。到第四天天亮，二憨扛着镢头去鼓王墓地，二话不说便刨起来。这时闻讯赶来的人一齐上前劝阻，让他念及鼓王生时对朱村的巨大贡献以及对村人的那份情谊，不要做出这等伤天害理的事情。二憨正刨得性起，哪里肯从，执意要刨出鼓王的鼓砸碎。

　　二憨刨坟不止，不久便刨出了竖立在地下的棺材顶部，接着又刨出了那面挨着棺材的鼓，一看鼓，二憨一下子怔了，村人也怔了：只见鼓面上印着斑斑血迹！那天埋葬鼓王的人忽然记起：由于疏忽，下葬时只往墓里放了鼓，没放鼓槌，鼓王只得以手敲鼓，结果将手敲得鲜血淋淋，将鼓面都染红了！村人正嗟叹间，忽见二憨直挺挺地倒在地上，口吐白沫，眼珠直翻，爬起来后抓起那面鼓便敲起来。那二憨本不会敲鼓的，可他一下子会了，而且村人听出他敲的和鼓王敲的一模一样，村人也就什么都明白了：是鼓王的魂附在了二憨的身上！从这一刻起二憨便不停歇地敲鼓，走街串巷，从天明敲到天黑，又从天黑敲到天亮，一边敲,嘴一边和着鼓嚷出:"锵锵锵,锵锵锵!"可人们听到的分明是:"粮粮粮!粮粮粮!"

杭州路10号

于德北

我讲一个我的故事。

今年的夏天对我来说很重要。

随着待业天数的不断增加,我越发相信百无聊赖也是一种合理的生活方式。这当然是从前。很多故事都发生在从前,但未必从前的故事都可以改变一个人。我是人。我母亲给我讲的故事无法诉诸数字,我依旧一天到晚吊儿郎当。所以,我说改变一个人不容易。

夏初那个中午,我从一场棋战中挣脱出来,不免有些乏味。吃饭的时候,我忽然想出这样一种游戏:闭上眼睛在心里描绘自己所要寻找的女孩的模样,然后,把她当作自己的上帝,向她诉说自己的苦闷。这一定很有趣。我激动。

名字怎么办?信怎么寄?我潇洒地耸耸肩,洋腔洋味地说:"都随便。"万岁!这游戏。

我找了一张白纸,在上边一本正经地写了"雪雪,我的上帝"几个字。这是发向天国的一封信。我颇为动情地向她诉说我的一切,其中包括所谓的爱情经历(实际上是对邻家女儿的单相思),包括待业始末,包括失去双腿双手的痛苦(这是撒谎!)。

杭州路10号袁小雪。

有没有杭州路我不知道,也不必知道。我说过,这是游戏,是一封类似"乡下爷爷收"的信。信寄出去了。我很快便把它忘却。

生活中竟有这么巧的事,巧得让人害怕。

几天之后,我正躺在床上看书,突然一阵急切的敲门声把我惊起,我打开门,邮递员的手正好触到我的鼻子上。

"信。"

"我的?"我不相信是因为从来没有人给我写信。

杭州路10号。

我惊坐在沙发上,仿佛有无数只小手在信封里捣鬼,我好半天才把它拆开,字很清丽,一看就是女孩子。信很短:谢谢您信任我,向我诉说您的痛苦。我不是上帝,但我理解您。别放弃信念,给生活以时间。您的朋友雪雪。人都有良心。我也有良心。从这封信可以知道袁小雪是个善良的女孩子，欺骗善良无疑是犯罪。我不回信，不能回信，不敢回信。这里边有一种崇敬。

我认为这件事会过去，只要我再闭口不言。

但是，从那封信开始，我每个月初都能收到一封袁小雪的信。信都很短，执著、感人。她还寄两本书给我：《张海迪的故事》《生命的诗篇》。我渐渐自省。

袁小雪，你这是为什么为什么为什么呀？我渐渐不安。

四个月过去了，你知道我无法再忍受这种折磨。我决定去看看袁小雪，也算负荆请罪。告诉她我是个小浑蛋，不值她这样为我牵肠挂肚。我想知道袁小雪是大姐姐还是小妹妹还是阿姨老大娘。我必须亲自去，不然的话，我不可能再平静地生活。

秋天了，窄窄的小街上黄叶飘零。

杭州路10号。

我轻轻地叩打这个小院的门，心中充满少有的神圣和庄严。门开了，老奶奶的一头花发映入我的眼帘。我想：如果可以确定她就是袁小雪，我一定会跪下去叫一声奶奶。

"您是——"

"我，我找袁小雪。"

"袁？——噢，您就是那个——写信的人？"

"是——是他的朋友。"

"噢，您，进来吧。"

我随着她走过红砖铺的小道走进一间整洁明亮的屋子里，不难看出是书房。就在这间屋子，我被杀死了。从那里出来，我就是另外一个人了。

"她不在吗？"

"……"她转过身去，从书柜里拿出一沓信封款式相同的信，声音蓦然喃喃："人，死了，已经有两个月了，这些信，让我每个月寄一封……"我的血液开始变凉。这是死的征兆。

"她？"

"骨癌。"

她指了指桌子让我看。在一个黑色的木框里镶嵌着一张三寸黑白照片。照片是新的。照片上的人的微笑很健康很慈祥。照片上的人，是一位白发苍苍的老爷爷。他叫骆瀚沙。他是著名的病残心理学教授。

客轿

赵淑萍

郑店王来了兴致,今天去姚城,打算特地去看一场戏。

天蒙蒙亮,他就出发了。他穿了双半旧不新的草鞋,兜里塞了一双布鞋和两个馒头。出门前,特意经过儿子的房门口,顺手一推,这小子睡觉居然又没闩门。房里一股酒气,鼾声打得像响雷。"孽障,真是前世作孽,出了这个败家子儿。"郑店王长叹一声,步子沉沉地上了路。

"郑店王,出门办事?"路上的人半是招呼半是讨好。郑店王说:"姚城今日有滩簧班子,我去看看。"对方说:"你舍得跑那么远的路去看一场戏?"郑店王顾自走去,脚步轻盈起来。

"死老抠,那么长的一溜店,还穿着破草鞋装穷。"招呼的人冲着他走远了的背影咒上一句。

出了竹岙村，郑店王的脸渐渐舒展开来，嘴里还哼几句跑调的滩簧。他似乎看见戏场子里敲锣打鼓，生旦们齐齐地等着他到场呢。他没别的嗜好，就是恋着戏。到了横河镇上，几顶客轿闲置在路边，轿夫们一见是他，生意也懒得兜。打他们做生意起，这土财主就没坐过轿子。哪一天他坐了，除非是他又娶亲了。可郑店王正常着呢，离开横河，想着自己不坐轿，等于又多了一笔进账，他心里乐滋滋的。

郑店王穿了一身做客的衣服，他不想让城里人看不起他，似乎，看戏就得有相称的服装。他跑这么远去看戏，可他从来没在竹岙村大大方方地看过戏。每年有草台班子在乡村巡回演出，每个地方的乡绅、财主、富农总归得出点钱，请村里人看几场戏。这于他，简直是割他的肉要他的命。每当这时候，他总是借故东藏西躲。开戏了，锣鼓一响，他坐立不安，就像有无数条小虫在咬他的内脏，但他又不敢露面。他知道，出了钱的族长太公、王财主等就坐在台前的一排好位置，抽着旱烟嗑着瓜子扬扬得意。他也怕村里人看见他，讽刺他只进不出。只有夜里戏演到后半场的时候，他才把那顶旧旧的绍兴毡帽往下一拉，鬼鬼祟祟地向戏台走去。今天，姚城有戏，他可以痛痛快

客轿

快地看了。他一进城,见无人注意他,就悄悄换下草鞋,拿出崭新的布鞋套上,气派地往戏场走。

戏是白看的,姚城的戏班到底比村里的要好些。那个唱花旦的娘们还真俊俏,像一枝杏花一样新鲜、水灵。上午的戏等他去时就结束了,他很不甘心。中午,吃了两个冷馒头,在树荫下等。下午倒是完整地看了一场。傍晚,他狠狠心买了一碗凉粉和一包豆酥糖,嘴里眼里都不停地"吃",那心也忙得蹿上台子。夜里八点光景,他恋恋不舍地离开戏场,满脑子还都是戏里的人在走在唱。想想住旅馆得花一笔冤枉钱,倒不如赶夜路来得凉爽,他又换上了草鞋。

月亮躲到乌云里,他高一脚低一脚,刚走出城不远,后面隐隐有亮光,原来是顶客轿上来了。渐渐地,亮光映出他贴着地的影子,影子如航船,直往前奔,等到身影缩回脚下,客轿超过了他。"今天尽是好运气,有轿子上的灯笼照路。"他想。

他前边,灯笼照出亮晃晃的路,再远就朦胧了。眼见到了岔路口,那客轿拐进了他要走的那条路,那是通向横河的路。他乐了,心里喊:"老天保佑,这轿正和我同路。"今天这日子择得好,不仅看了戏还借了光。

客轿一进横河镇,他揣摩,坐轿的人必定在这下轿,谁能这么阔雇客轿?肯定是镇上的阔佬。那么,黑灯瞎火里,竹岙村的路就难走了,仿佛即将双眼被人蒙起黑布,他心里畏惧起来。

可客轿居然没有停下来的迹象,仍执着前行,穿过街路,转入了他熟悉的土路,那条路正通往竹岙村,这么巧,就像事先约定的一样。

灯笼照得土路清清楚楚。他琢磨,客轿里坐的是谁?村里,还有谁实力能跟他相比?要不,就是姚城的富商来村里走亲戚?赶夜路,一定有要紧的事儿。他的心亮堂堂的,想,这是吉兆。

不知不觉,客轿进了村。该各投门户了,可是,那客轿仿佛要照顾到底,径直往他要去的方向走。

不出一会儿,客轿竟然停在他家的院门前,他脑子搜了个遍,也没有姚城的亲戚。只见轿子里走出一个熟悉的人影。

郑店王赶上前。儿子怔了一下,说:"爹,这么晚了,你刚打烊呀?"

郑店王指着儿子,气得不行,挥舞着手说:"你这败家子,我穿着草鞋赶路,你乘着客轿摆阔,我辛辛苦苦攒钱,还不叫你给败光了?你去姚城做什么?"

儿子吞吞吐吐地说:"解解闷。"

郑店王撵着儿子打。妻子推开门出来护儿子。

郑店王愤愤地说:"坐吃山空,败家子,他倒想得开。"

那个晚上,郑店王家的院子,成了戏场。

图书在版编目（CIP）数据

永远的门 / 中国微型小说学会编. -- 北京：新世界出版社，2021.5
（中国微型小说精选；1）
ISBN 978-7-5104-7292-3

Ⅰ.①永… Ⅱ.①中… Ⅲ.①小小说－小说集－中国－当代 Ⅳ.①I247.8

中国版本图书馆CIP数据核字(2021)第102164号

永远的门

策　　划：	葛文聪
编　　者：	中国微型小说学会
责任编辑：	葛文聪
责任校对：	宣　慧
责任印制：	王宝根
封面设计：	贺玉婷
版式设计：	北京书香传承文化发展有限公司
出　　版：	新世界出版社
网　　址：	http://www.nwp.com.cn
社　　址：	北京西城区百万庄大街24号（100037）
发 行 部：	(010) 6899 5968（电话）　(010) 6899 0635（电话）
总 编 室：	(010) 6899 5424（电话）　(010) 6832 6679（传真）
版 权 部：	+8610 6899 6306（电话）　nwpcd@sina.com（电邮）
印　　刷：	天津中印联印务有限公司
经　　销：	新华书店
开　　本：	880mm×1230mm　1/32　尺寸：130mm×200mm
字　　数：	200千字　　印　张：7.75
版　　次：	2021年5月第1版
印　　次：	2021年5月北京第1次印刷
书　　号：	ISBN 978-7-5104-7292-3
定　　价：	38.00元

版权所有，侵权必究

凡购本社图书，如有缺页、倒页、脱页等印装错误，可随时退换。
客服电话：(010)6899 8638